マジック・ツリーハウス

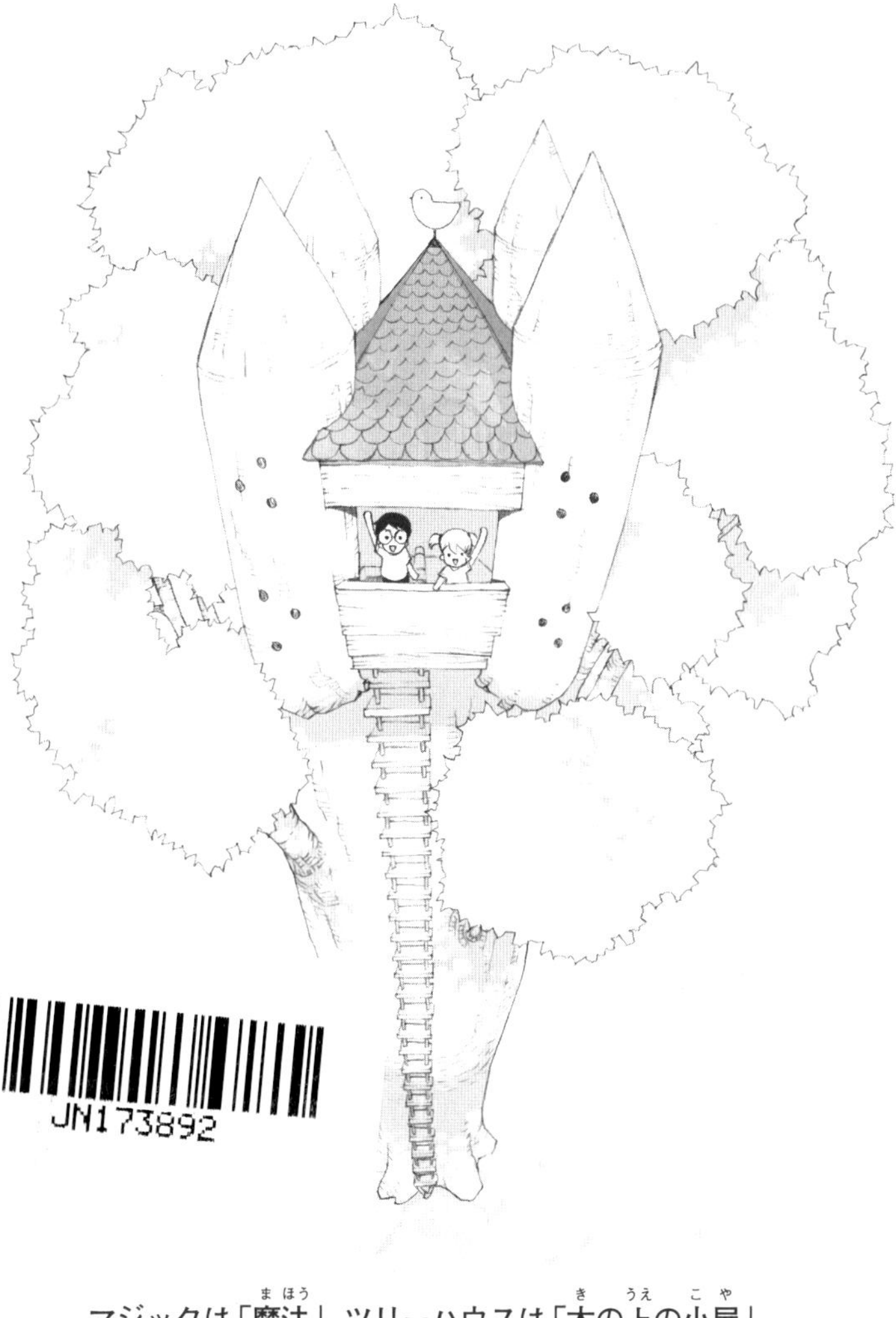

マジックは「魔法《まほう》」。ツリーハウスは「木《き》の上《うえ》の小屋《こや》」。
この物語《ものがたり》は、アメリカ・ペンシルベニア州《しゅう》に住《す》むジャックとアニーが、
魔法《まほう》のツリーハウスで、ふしぎな冒険《ぼうけん》をするお話《はなし》です。

カリブの巨《きょ》大《だい》ザメ

マジック・ツリーハウス40　もくじ

カリブの巨大ザメ

カリブのきょだいザメ

ペンギンのペニーをさがせ!

この本《ほん》のなかに
ペンギンのペニーがいるよ。
どこにいるかさがしてね!

おもな登場人物《とうじょうじんぶつ》

ジャック

アメリカ·ペンシルベニア州《しゅう》に住《す》む12歳《さい》の男《おとこ》の子《こ》。本《ほん》を読《よ》むのが大好《だいす》きで、見《み》たことや調《しら》べたことを、すぐにノートに書《か》くくせがある。

アニー

ジャックの妹《いもうと》。空想《くうそう》や冒険《ぼうけん》が大好《だいす》きで、いつも元気《げんき》な11歳《さい》の女《おんな》の子《こ》。どんな動物《どうぶつ》ともすぐ仲《なか》よしになり、勝手《かって》に名《な》まえをつけてしまう。

モーガン·ルー·フェイ

ブリテンの王《おう》·アーサーの姉《あね》。魔法《まほう》をあやつり、世界《せかい》じゅうのすぐれた本《ほん》を集《あつ》めるために、マジック·ツリーハウスで旅《たび》をしている。

マーリン

偉大《いだい》な予言者《よげんしゃ》にして、世界最高《せかいさいこう》の魔法使《まほうつか》い。アーサー王《おう》が国《くに》をおさめるのを手助《てだす》けしている。とんがり帽子《ぼうし》がトレードマーク。

テディ

モーガンの図書館《としょかん》で助手《じょしゅ》をしながら、魔法《まほう》を学《まな》ぶ少年《しょうねん》。かつて、変身《へんしん》に失敗《しっぱい》して子犬《こいぬ》になってしまい、ジャックとアニーに助《たす》けられた。

キャスリーン

陸上《りくじょう》にいるときは人間《にんげん》、海《うみ》にはいるとアザラシに変身《へんしん》する妖精《ようせい》セルキーの少女《しょうじょ》。聖剣《せいけん》エクスカリバー発見《はっけん》のときに大活躍《だいかつやく》した。

これまでのお話《はなし》

ジャックとアニーは、ペンシルベニア州《しゅう》フロッグクリークに住《す》む、仲《なか》よし兄妹《きょうだい》。ふたりは、ある日《ひ》、森《もり》のカシの木《き》のてっぺんに、小《ちい》さな木《き》の小屋《こや》があるのを見《み》つけた。中《なか》にあった恐竜《きょうりゅう》の本《ほん》を見《み》ていると、突然《とつぜん》小屋《こや》がぐるぐるとまわりだし、本物《ほんもの》の恐竜《きょうりゅう》の時代《じだい》へと、まよいこんでしまった。この小屋《こや》は、時空《じくう》をこえて、知《し》らない世界《せかい》へ行《い》くことができる、**マジック・ツリーハウス**（魔法《まほう》の木《き》の上《うえ》の小屋《こや》）だったのだ。

ジャックたちは、ツリーハウスで、さまざまな時代《じだい》のいろいろな場所《ばしょ》へ、冒険《ぼうけん》に出《で》かけた。やがてふたりは、魔法使《まほうつか》いのモーガンや、モーガンの友人《ゆうじん》マーリンから、特別《とくべつ》な任務《にんむ》をあたえられるようになった。そして、魔法《まほう》と伝説《でんせつ》の世界《せかい》の友《とも》だち、テディとキャスリーンに助《たす》けられながら、自分《じぶん》たちで魔法《まほう》を使《つか》うことも学《まな》んだのだった——。

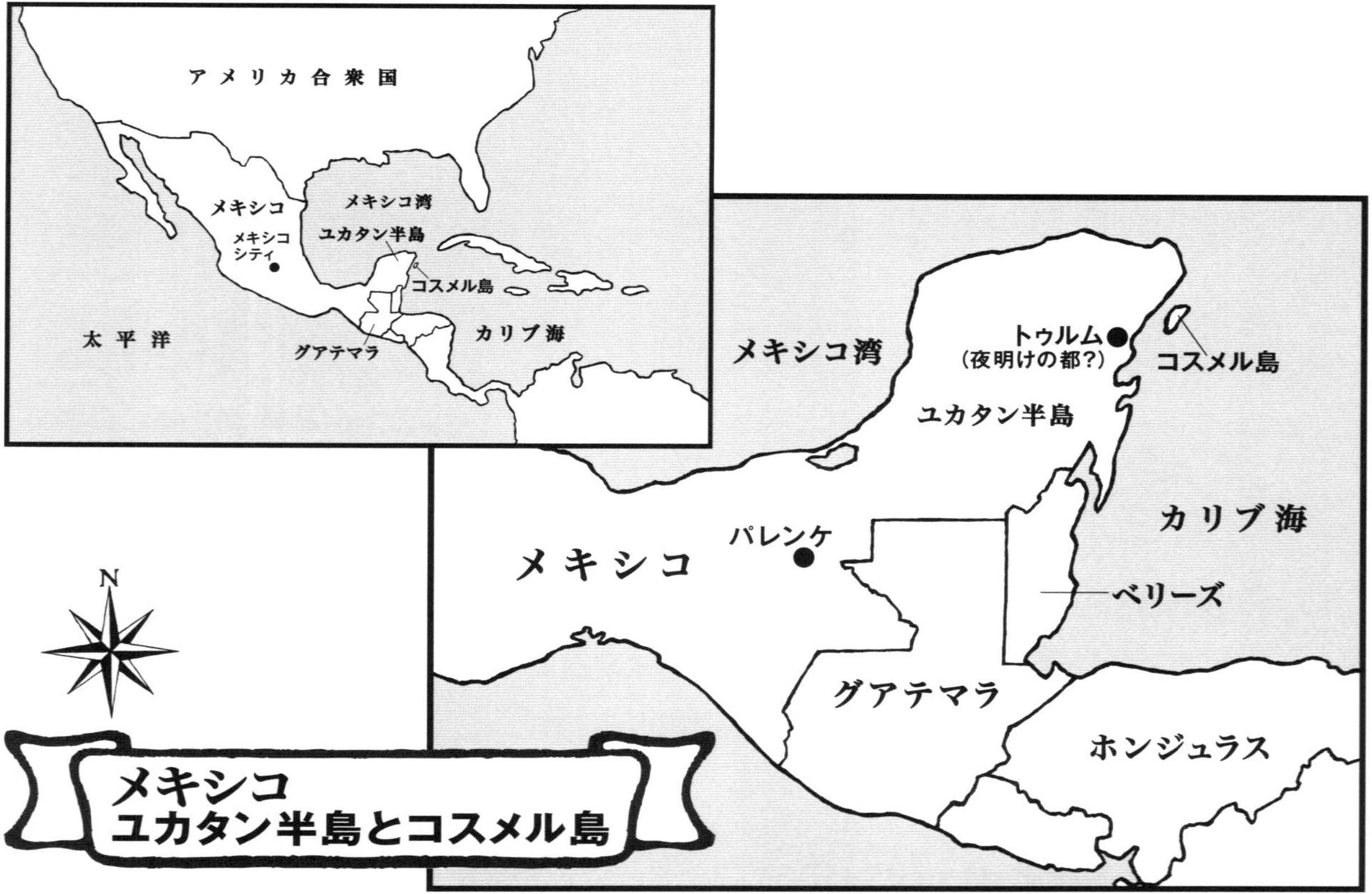
アメリカ合衆国
メキシコ
メキシコシティ
メキシコ湾
ユカタン半島
コスメル島
太平洋
グアテマラ
カリブ海
メキシコ湾
トゥルム
（夜明けの都？）
コスメル島
ユカタン半島
カリブ海
パレンケ
メキシコ
ベリーズ
N
グアテマラ
ホンジュラス
メキシコ
ユカタン半島とコスメル島

［第40巻］

カリブの巨大ザメ

カリブのきょだいザメ

ごほうびのバカンス

ある夏《なつ》の暑《あつ》い日《ひ》、ジャックとアニーは、フロッグクリーク湖《こ》で、シュノーケリングをしていた。

シュノーケリングは、息《いき》つぎ用《よう》のパイプをくわえて、水《みず》に顔《かお》をつけたまま泳《およ》ぐマリンスポーツだ。そのパイプをつけていれば、顔《かお》をあげずに呼吸《こきゅう》ができるので、水中《すいちゅう》のけしきを楽《たの》しみながら、泳《およ》いだりもぐったりしつづけられる。

しばらく泳《およ》いだあと、ふたりは湖《みずうみ》からあがり、水中《すいちゅう》マスクと足《あし》ひれをはずした。

「アニー、魚《さかな》いたかい？」ジャックがたずねた。

「ぜんぜん。石《いし》ころばっかり」と、アニー。

「ははは……。まあ今日《きょう》はこのくらいにして、そろそろ帰《かえ》ろうか」

ふたりは、荷物《にもつ》をおいてある木《こ》かげに向《む》かって、ゆっくり歩《ある》きだした。

アニーが言《い》った。

「あーあ。湖《みずうみ》じゃなくて、きれいな海《うみ》で、シュノーケリングしてみたいわ。ほら、まえに行《い》ったサンゴ礁《しょう》の海《うみ》みたいなところ」

「ああ……、小型潜水艇《こがたせんすいてい》でもぐったね。きれいな魚《さかな》がたくさんいたなあ」

木《こ》かげに着《つ》くと、ジャックは水着《みずぎ》の上《うえ》からT《ティー》シャツを、アニーはパーカをはおった。

それから、シュノーケリングの道具《どうぐ》をバッグにしまい、自転車《じてんしゃ》の荷台《にだい》に結《ゆ》わえつけた。

アニーが、ふと思《おも》いだして言《い》った。

「お兄《にい》ちゃん、そういえば、このまえマイケルが、どこかサンゴ礁《しょう》の海《うみ》でシュノーケリングをしたって言《い》ってたでしょ？　それはどこの海《うみ》？」

「カリブ海《かい》だよ。家族《かぞく》で、メキシコのコスメル島《とう》に行《い》ったんだって。ぼくたちがサッカーのワールドカップを見《み》に行《い》ったメキシコシティは大都市《だいとし》だったけど、コスメル島《とう》はリゾート地《ち》で、シュノーケリングのほかにも、古代《こだい》マヤの遺跡《いせき》を見学《けんがく》したりして、すごく楽《たの》しかったたって言《い》ってた。このT《ティー》シャツは、そのときのおみやげだ」

「コスメル島《とう》って、古代《こだい》の遺跡《いせき》もあるの？　そこ、すごく楽《たの》しそう！」

自転車《じてんしゃ》をおして歩《ある》きだすと、アニーが提案《ていあん》した。

「ねえ、わたし、もっと話《はなし》を聞《き》きたいわ。これからマイケルの家《いえ》に行《い》ってみない？」

「そうだなあ。よし、マイケルに都合《つごう》を聞《き》いてみよう。アニー、携帯電話《けいたいでんわ》を出《だ》して」

ふたりは、パパからお下《さ》がりの携帯電話《けいたいでんわ》をもらっていた。アニーが、電話《でんわ》を取《と》ろうと、自転車《じてんしゃ》のフロントバッグに手《て》を入《い》れると――

「あらっ？　なにかはいってる……」

アニーが取《と》りだしたのは、うす茶色《ちゃいろ》の羊皮紙《ようひし》の小《ちい》さな巻物《まきもの》だった。

「お兄《にい》ちゃん、キャメロットからの手紙《てがみ》よ！」

「えっ、ほんと？　なんて書《か》いてある？」

アニーが、巻物《まきもの》を広《ひろ》げて読《よ》みあげた。

ジャックとアニーへ
森《もり》のツリーハウスで待《ま》ってる。
いますぐ、来《き》てくれないか。
テディ

ふたりは、顔《かお》を見合《みあ》わせた。

「もしかして、キャメロットで、またなにか事件《じけん》でもあったのかな……」

このあいだは、第二次世界大戦《だいにじせかいたいせん》の戦地《せんち》で、キャスリーンが行方不明《ゆくえふめい》になってしまい、
ジャックとアニーがさがしに行《い》ったのだった。

「とにかく、早《はや》く行《い》ってみましょ!」

ふたりは自転車《じてんしゃ》の向《む》きを変《か》えると、いそいで、フロッグクリークの森《もり》に向《む》かった。

森《もり》の中《なか》の小道《こみち》に自転車《じてんしゃ》を乗《の》り入《い》れ、落《お》ち葉《ば》や木《き》の根《ね》の上《うえ》を、カタカタと走《はし》っていく。

やがて、森《もり》でいちばん大《おお》きなカシの木《き》の下《した》に着《つ》いた。

見上《みあ》げると、木《き》のてっぺんにあるツリーハウスの窓《まど》から、テディが手《て》をふっていた。

「おーい! ジャック! アニー!」

「テディ! こんにちは」アニーがさけんで、手《て》をふりかえした。

「早《はや》くあがってきて!」

ふたりは自転車《じてんしゃ》を止《と》めると、なわばしごをつかんで、ツリーハウスにのぼった。

「やあ、テディ、ひさしぶり!」と、ジャック。

「うん！　きみたちも、元気《げんき》そうだね」

ジャックがたずねた。

「ところで、どうしたの？　またキャメロットで、なにかあったのかい？」

「モーガンかマーリンが、どうかした？」アニーも聞《き》く。

「キャスリーンは？　ペニーは……？」

テディが笑《わら》ってこたえた。

「あははは。だいじょうぶ。みんな元気《げんき》だから、安心《あんしん》して」

それを聞《き》いたジャックが、期待《きたい》をこめてたずねた。

「……ということは、もしかして今日《きょう》は、ぼくたちに、新《あたら》しい任務《にんむ》があるのかい？」

「そう、じつは……重大《じゅうだい》な任務《にんむ》があるんだよ」テディが、いたずらっぽく笑《わら》った。

「こんどは、どんな任務《にんむ》なの？」アニーも、身《み》を乗《の》りだした。

「こんどのきみたちの任務《にんむ》はね……」テディが、じらすようにことばを切《き》った。

「『バカンスを楽《たの》しむこと』だよ！」

ジャックとアニーは、きょとんとして言《い》った。

「『バカンスを楽《たの》しむこと』？　それ、どういうこと？」

「マーリン先生《せんせい》が言《い》うには……」テディが、マーリンの口調《くちょう》をまねて言《い》った。

「『これまで、ジャックとアニーには、たくさんの任務《にんむ》をはたしてもらった。ずいぶんむずかしいこともたのんだし、危険《きけん》な目《め》にあわせたこともあった……。そこで、わしは、ふたりになにか、礼《れい》をしなければならんと思《おも》うておるのじゃ』って」

「そんな……。ぼくたち、マジック・ツリーハウスで冒険《ぼうけん》できるだけでうれしいのに」

「いやいや、そしたらモーガン先生《せんせい》も……」テディが、モーガンの口《くち》まねでつづける。

「『それはいい考《かんが》えですこと！　では、ふたりの行《い》きたいところを聞《き》いて、そこで一《いち》日《にち》ゆっくり、バカンスを楽《たの》しませてあげましょう！』って」

「ほんと!?」アニーの顔《かお》が、ぱっとかがやいた。

「ほんとうだよ。で、ふたりはどこへ行《い》きたい？」

「うーん、急《きゅう》に言《い》われても……」

ジャックがとまどっていると、アニーがパチンと指《ゆび》を鳴《な》らして言《い》った。

「メキシコのコスメル島《とう》！　カリブ海《かい》に浮《う》かぶ島《しま》よ！　わたしたち、そこの海《うみ》で、シユノーケリングをしたいの！」

「あっ、そうか！　それがいい！」ジャックも声《こえ》をはずませた。

「シュノー……？　なに、それ」テディが聞《き》きかえした。

「うん。シュノーケルっていうパイプを口《くち》にくわえて、海《うみ》の中《なか》をながめながら泳《およ》ぐことだよ」ジャックが説明《せつめい》した。

「わたしたち、今日《きょう》もフロッグクリーク湖《こ》でシュノーケリングをしてたんだけど、そこはサンゴ礁《しょう》もないし、魚《さかな》もいないし、ちっとも楽《たの》しくないの」

「ふうん。じゃ、そのコスメル島《とう》っていうところに行《い》けば、楽《たの》しくすごせるのかい？」

「うん！」ジャックが、力《ちから》をこめてうなずいた。

「コスメル島《とう》は、海《うみ》もきれいで、古代《こだい》マヤの遺跡《いせき》もあって、すごく楽《たの》しいらしい」

「よし、それじゃ、行《い》き先《さき》は、そのコスメル島《とう》で決《き》まりだね！」

テディは、マントの中《なか》から魔法《まほう》の杖《つえ》を取《と》りだすと、ぶつぶつ呪文《じゅもん》をとなえながら、床《ゆか》に円《えん》を描《えが》いた。

「えー……、メキシコ、カリブ海《かい》、コスメル島《とう》、サンゴ礁《しょう》、シュノーなんとか……」

MEXICO

すると、円《えん》の中《なか》に、一冊《いっさつ》の本《ほん》があらわれた。

それは、旅行《りょこう》ガイドブックだった。『メキシコ――ユカタン半島《はんとう》とコスメル島《とう》』という題名《だいめい》の下《した》に、近代的《きんだいてき》な高層《こうそう》ホテル、海《うみ》でシュノーケリングをする女性《じょせい》、そして、石《いし》づくりのピラミッドの写真《しゃしん》がのっている。

「ほんとうに、ここに行《い》けるのね？　ああ、夢《ゆめ》みたい！」アニーが歓声《かんせい》をあげた。

ジャックが言《い》った。

「――ちょっと待《ま》ってて！　ぼく、シュノーケリングの道具《どうぐ》を取《と》ってくるよ！」

「あっ、わたしも、携帯電話《けいたいでんわ》を取《と》ってくるわ！」

ふたりは、いそいでなわばしごをおりた。ジャックは、自転車《じてんしゃ》の荷台《にだい》からバッグを取《と》り、アニーはフロントバッグから携帯電話《けいたいでんわ》を取《と》って、ポケットに入《い》れた。

ツリーハウスにもどったふたりに、テディが、ガイドブックを手《て》わたして言《い》った。

「それから、もうひとつ、きみたちにわたすものがあるんだ」

さし出《だ》したのは、つやつや光《ひか》るビロードの、小《ちい》さな巾着袋《きんちゃくぶくろ》だった。

「モーガン先生《せんせい》からふたりへ、特別《とくべつ》なプレゼントだよ」

ジャックが受《う》けとって、袋《ふくろ》のひもをほどくと、中《なか》から金色《きんいろ》のコインが三枚出《さんまいで》てきた。

「それは、ねがいごとをかなえてくれる、魔法《まほう》のコインだ。使《つか》い方《かた》はかんたん。ねがいをとなえてから、コインを空《そら》に向《む》かって投《な》げればいいんだ。ただし、一枚《いちまい》につき、ねがいごとひとつだよ」

「どんなおねがいでも、いいの？」アニーがたずねた。

「ひとつ条件《じょうけん》がある。それは、『楽《たの》しいねがいごと』であること」

「『楽《たの》しいねがいごと』？」

「今回《こんかい》のきみたちの任務《にんむ》は、『バカンスを楽《たの》しむこと』だからね。それに役立《やくだ》つねがいごとじゃないと、きかないよ」

「楽《たの》しいおねがいなら、いくらでもあるわ！」

ジャックは、まだ信《しん》じられない気《き》もちで、もう一度《いちど》、テディにたずねた。

「テディ、ほんとうに、今回《こんかい》の任務《にんむ》はそれだけ？　ほかにはないの？」

「ほんとうに、ほかにはないよ。安心《あんしん》して楽《たの》しんできて」

アニーが、トントン足《あし》ぶみしながら言《い》った。

「ねえねえお兄《にい》ちゃん、早《はや》く行《い》きましょうよ！」

「わすれものはないね？」テディが念《ねん》をおす。

「うん。もう水着《みずぎ》は着《き》てるし、シュノーケリングの道具《どうぐ》は持《も》ったし……」とジャック。

「携帯電話《けいたいでんわ》も持《も》ったし……」とアニーもつけくわえる。

「それじゃ、行《い》ってらっしゃい。楽《たの》しんできて」

「テディ、ありがと！　行《い》ってきます！」

アニーが、ガイドブックの表紙《ひょうし》に指《ゆび》をおいて、呪文《じゅもん》をとなえた。

「いますぐ、ここへ行《い》きたい！」

そのとたん、風《かぜ》が巻《ま》きおこった。

ツリーハウスが、いきおいよくまわりはじめた。

回転《かいてん》は、どんどんはやくなる。

ジャックは思《おも》わず目《め》をつぶった。

やがて、なにもかもが止《と》まり、静《しず》かになった。

なにも聞《き》こえない。

カリブ海《かい》に浮《う》かぶ島《しま》

ザザザ……。

浜辺《はまべ》に打《う》ちよせる。波《なみ》の音《おと》が聞《き》こえる。

ジャックは、そっと目《め》を開《あ》けた。

まぶしい日《ひ》ざしが、ツリーハウスの窓《まど》からさしこんでいる。

ジャックとアニーは、窓辺《まどべ》に立《た》って外《そと》を見《み》た。

ツリーハウスは、まっ白《しろ》な砂浜《すなはま》とエメラルドグリーンの海《うみ》を見下《みお》ろす、大《おお》きなヤシの木《き》の上《うえ》にあった。

ふたりは、思《おも》わず歓声《かんせい》をあげた。

「きれい！　ここがコスメル島《とう》？　わたしたち、ほんとうに来《き》ちゃったのね！」

「うん……。まさに楽園《らくえん》だね」

海岸《かいがん》からすこしはいったところに、石《いし》づくりの大《おお》きなピラミッドが見《み》える。

ジャックが、ガイドブックの表紙《ひょうし》と見《み》くらべながら言《い》った。

「あれは、この写真《しゃしん》のピラミッドだ。エジプトのピラミッドとは、形《かたち》がちがうんだな」

「階段《かいだん》がついてるわ。あのてっぺんにのぼったら、すごくいいながめでしょうね」

「だけど、へんだな」ジャックは、あたりをきょろきょろ見《み》まわした。

「ホテルはどこだろう？　コスメル島《とう》のビーチには、豪華《ごうか》なリゾートホテルがずらっとならんでたって、マイケルが言《い》ってたけど」

「それはまた、べつの場所《ばしょ》なんじゃない？」

「ガイドブックを調《しら》べてみよう」

ジャックが、ガイドブックを開《ひら》いて、読《よ》みはじめた。


メキシコは、アメリカ合衆国《がっしゅうこく》の南《みなみ》に位置《いち》する、温暖《おんだん》な国《くに》です。

ユカタン半島《はんとう》は、メキシコの東《ひがし》のはし、メキシコ湾《わん》とカリブ海《かい》のあいだにつき出《で》た半島《はんとう》で、熱帯《ねったい》のジャングルにおおわれた、自然《しぜん》ゆたかな楽園《らくえん》です。

また、カリブ海《かい》に浮《う》かぶコスメル島《とう》は、半島《はんとう》の東約《ひがしやく》十キロメートル沖《おき》にある、人気《にんき》のリゾート地《ち》です。サンゴ礁《しょう》の海《うみ》にかこまれ、シュノーケリングやダイビング愛好家《あいこうか》の、あこがれの場所《ばしょ》になっています。


「『シュノーケリングやダイビング愛好家《あいこうか》の、あこがれの場所《ばしょ》』ですって！　わたしたちも、早《はや》く行《い》きましょ！」

砂浜《すなはま》におりようとするアニーを、ジャックが引《ひ》きとめた。

「ちょっと待《ま》って。ぼくは、あのピラミッドが気《き》になる。もうすこし読《よ》んでから……」

「じゃ、わたしは先《さき》に行《い》ってるわ」

アニーは、ひとりでなわばしごをおりていった。

上《うえ》から、ジャックが声《こえ》をかける。

「ひとりで海《うみ》にはいっちゃだめだぞ！」

それから、ページをめくり、目《め》のまえのピラミッドとおなじ写真《しゃしん》を見《み》つけた。


ユカタン半島《はんとう》とその周辺《しゅうへん》には、古代《こだい》マヤの遺跡《いせき》が、数多《かずおお》く残《のこ》っています。

マヤとは、紀元前《きげんぜん》一〇〇〇年《ねん》ごろユカタン半島《はんとう》に生《う》まれ、十六世紀《じゅうろくせいき》ごろまでつづいた文明《ぶんめい》のことです。

そのあいだ、半島《はんとう》の広《ひろ》い範囲《はんい》に、たくさんの都市《とし》が生《う》まれ、それぞれ王国《おうこく》として独立《どくりつ》しながら、たがいにつながりあっていました。とくに、西暦《せいれき》二五〇年《ねん》ごろから九〇〇年《ねん》ごろまで、たいへん栄《さか》え、いくつもの王国《おうこく》で、石《いし》づくりの神殿《しんでん》やピラミッドが、たくさん建設《けんせつ》されました。

ところが、一四九二年《ねん》に、コロンブスが、カリブ海《かい》の西《にし》インド諸島《しょとう》に到達《とうたつ》したのをきっかけに、スペイン人《じん》がこの地《ち》にやってきて、マヤの王国《おうこく》をつぎつぎに征服《せいふく》してしまったのです。

その後《ご》、マヤの遺跡《いせき》は、密林《みつりん》の中《なか》にひっそりと眠《ねむ》っていましたが、十九世紀《じゅうきゅうせいき》に探《たん》険家《けんか》たちに発見《はっけん》されました。

これらの遺跡《いせき》めぐりも、この地《ち》の観光《かんこう》の目玉《めだま》です。

「よし！　頭《あたま》に入《い》れたぞ」

ジャックは、ガイドブックをバッグに入《い》れると、肩《かた》にかついでなわばしごをおりた。

「うわあ……！」

浜辺《はまべ》におりて、あらためて風景《ふうけい》を見《み》まわしたジャックは、その美《うつく》しさに息《いき》をのんだ。

まぶしく光《ひか》る砂浜《すなはま》に、ザザザ……ザザザ……と、波《なみ》が打《う》ちよせる。

沖《おき》に目《め》をやると、青《あお》い水平線《すいへいせん》の上《うえ》に、まっ白《しろ》な入道雲《にゅうどうぐも》が浮《う》かんでいる。

さわやかな潮風《しおかぜ》をほおに受《う》けていると、アニーが、砂浜《すなはま》を走《はし》ってきた。

「お兄《にい》ちゃん、見《み》て！　携帯《けいたい》で撮影《さつえい》したの」

アニーが、撮《と》ったばかりの動画《どうが》を、画面《がめん》に映《うつ》しはじめた。

青《あお》い空《そら》、白《しろ》い砂浜《すなはま》につづいて、なわばしごをおりるジャックの背中《せなか》が映《うつ》しだされる。

そこへ、アニーのナレーションがはいった。

『えー、お兄《にい》ちゃんとわたしは、カリブ海《かい》のコスメル島《とう》に来《き》ています。いまから……』

「ちょっと待《ま》った！」すぐに、ジャックがさえぎった。

「それ、パパやママに見《み》られたら、なんて言《い》いわけするんだ？　ほら、消《け》して消《け》して」

「あっ、そうか！」

アニーは、えへっと笑《わら》いながら、動画《どうが》を消去《しょうきょ》した。それから、携帯電話《けいたいでんわ》をジャックのバッグにしまって、言《い》った。

「それで、ピラミッドのことは、なにかわかった？」

「うん。やっぱりあれは、古代《こだい》マヤの遺跡《いせき》だって。遺跡《いせき》めぐりができるらしいよ」

「それじゃ、泳《およ》ぎおわったら遺跡《いせき》めぐりね！　さあ、早《はや》く泳《およ》ぎに行《い》きましょ！」

ふたりは、波打《なみう》ちぎわに向《む》かって走《はし》りだした。

しかし、すぐにアニーが立《た》ちどまり、すこしはなれた砂浜《すなはま》を指《ゆび》さした。

「お兄《にい》ちゃん、あれはなに？」

行《い》ってみると、それは、太《ふと》い丸太《まるた》をくり抜《ぬ》いて作《つく》ったカヌーだった。ちょうど、ふたりが乗《の》れるくらいの大《おお》きさで、水《みず》をかくパドルもおいてある。

「だれのかなぁ……」

ジャックは、あたりを見《み》まわしたが、持《も》ち主《ぬし》らしい人影《ひとかげ》は見《み》えなかった。

「観光客《かんこうきゃく》が自由《じゆう》に使《つか》えるように、おいてあるんじゃない？」と、アニー。

「そんなわけないだろう」

「そんなわけ、あるわよ。ここは『人気《にんき》のリゾート地《ち》』なんだから」

「ガイドブックを見《み》てみよう」

ジャックは、ガイドブックを出《だ》して、カヌーの写真《しゃしん》がのっているページをさがした。

カヌーは、丸太《まるた》をくり抜《ぬ》くなどして作《つく》ったほそ長《なが》いボートで、パドルで水《みず》をかいて進《すす》みます。太古《たいこ》の時代《じだい》から、人々《ひとびと》の移動《いどう》、運搬《うんぱん》、漁《りょう》などに使《つか》われてきました。

カヌーは、初心者《しょしんしゃ》でも、コツをつかめば、すぐに乗《の》りこなすことができます。

コスメル島《とう》では、砂浜《すなはま》から近《ちか》いところにみごとなサンゴ礁《しょう》があり、シュノーケリングのベスト・スポットまで、カヌーで行《い》くことができます。

「ほらね」とアニー。

「ちょっと待《ま》って。『サンゴ礁《しょう》で、シュノーケリングを楽《たの》しみたい方《かた》へ』っていう注《ちゅう》意書《いが》きがある。読《よ》むよ」

サンゴは、クラゲとおなじ仲間《なかま》の動物《どうぶつ》です。樹木《じゅもく》や岩《いわ》のように見《み》えるのは、たく

さんのサンゴが集《あつ》まっているのです。サンゴが死《し》ぬと、その死《し》がいがつみかさなって、サンゴ礁《しょう》ができます。

世界《せかい》の海《うみ》にいる五十万種《ごじゅうまんしゅ》の動物《どうぶつ》のうち、四分《よんぶん》の一《いち》は、サンゴ礁《しょう》にすんでいるといわれています。サンゴ礁《しょう》は、海《うみ》の生《い》き物《もの》の宝庫《ほうこ》なのです。

シュノーケリングやダイビングをする人《ひと》は、サンゴを傷《きず》つけないように、気《き》をつけましょう。


「……だって！　気《き》をつけなくちゃね」

ジャックは、ガイドブックをぱたんと閉《と》じて、バッグにしまった。

「カヌーをかりることは？」と、アニー。

「とくに書《か》いてなかった。ま、近《ちか》くで乗《の》るだけなら、かりてもいいかな」

「うん、わたしもそう思《おも》う！」

ふたりは、ライフジャケットを着《き》ると、バッグをカヌーにのせた。

それから、力《ちから》をあわせて、カヌーを波打《なみう》ちぎわへとおし出《だ》した。

しのびよる影《かげ》

海《うみ》に浮《う》かべたカヌーは、波《なみ》にゆられて、ちゃぷんちゃぷんと音《おと》をたてた。

「アニー、ぼくがカヌーをおさえているから、先《さき》に乗《の》って」

アニーがすわったのを確認《かくにん》すると、ジャックもうしろに乗《の》りこんだ。

「思《おも》ったほど、不安定《ふあんてい》じゃないね」と、ジャック。

「それじゃ、出発《しゅっぱつ》！」

アニーがパドルをにぎってこぎはじめると、カヌーは、やさしい風《かぜ》にあとおしされるように、沖《おき》に向《む》かってすいすいとすべりだした。

「ああ、いい気《き》もち！」アニーが、上《じょう》きげんで水《みず》をかいている。

砂浜《すなはま》をふりかえったジャックが、びっくりして言《い》った。

「あれっ、もうこんな沖《おき》まで来《き》ちゃったよ！」

「ほんと。このあたりでいいわね」

アニーは手《て》を止《と》めた。

カヌーは、波《なみ》にゆられながら、静《しず》かに浮《う》かんでいる。

「お兄《にい》ちゃん、交代《こうたい》で泳《およ》ぎましょう。わたしがカヌーの見張《みは》りをしているから、先《さき》に泳《およ》いできていいわよ」

「うん、わかった」

ジャックは、バッグからシュノーケリングの道具《どうぐ》を出《だ》し、めがねをはずして、バッグにしまった。日《ひ》ざしが強《つよ》いので、Tシャツ《ティー》を着《き》たまま泳《およ》ぐことにする。

まず、足《あし》ひれをつける。シュノーケルをマスクにつないだら、マスクで目《め》と鼻《はな》をしっかりとおおい、ベルトを頭《あたま》のうしろにまわす。それから、鼻《はな》から息《いき》を吸《す》い、マスクの中《なか》の気圧《きあつ》を下《さ》げる。こうすれば、マスクが顔《かお》に密着《みっちゃく》して、水《みず》がはいってこないのだ。

「アニー、それじゃ、行《い》ってくるよ。なるべく早《はや》く交代《こうたい》するから」

「うん！　楽《たの》しんできてねー！」

ジャックは、カヌーのふちから両足《りょうあし》を出《だ》した。だが、静《しず》かに海《うみ》にはいるつもりが、足《あし》ひれが引《ひ》っかかって、つんのめってしまった。

バッシャーン！――ジャックは、頭《あたま》からまっさかさまに、水中《すいちゅう》に落《お》ちた。

もがくようにして、からだを立《た》てなおし、やっとのことで海面《かいめん》に顔《かお》を出《だ》したが、マスクの中《なか》に水《みず》がはいってしまった。

「やれやれ……」

ジャックは、立《た》ち泳《およ》ぎをしながらマスクをはずした。中《なか》の水《みず》をこぼし、それからマスクをつけなおすと、静《しず》かに泳《およ》ぎだした。

マスクごしに、最初《さいしょ》は、数匹《すうひき》の魚《さかな》が目《め》にはいった。

しかし、だんだんと目《め》が慣《な》れてくると――

そこに広《ひろ》がっていたのは、目《め》を疑《うたが》うばかりの、すばらしい光景《こうけい》だった！

なんてたくさんの魚《さかな》がいるんだろう！

思《おも》い思《おも》いに枝《えだ》をのばしたサンゴのまわりを、ピンク色《いろ》やオレンジ色《いろ》の熱帯魚《ねったいぎょ》が泳《およ》ぎまわっている。

群《む》れで泳《およ》いでいる魚《さかな》もいれば、一匹《いっぴき》で泳《およ》いでいるものもいる。

黄色《きいろ》い魚《さかな》と目《め》があったが、魚《さかな》は、ぱっと身《み》をひるがえすと、すばやく泳《およ》ぎさっていった。

すこし先《さき》では、電気《でんき》のかさのようなクラゲが、ふわりふわりと浮《う》いている。大《おお》きなウミガメがゆうゆうと通《とお》りすぎたかと思《おも》うと、タツノオトシゴが、おかしなかっこうで泳《およ》いでいった。

海底《かいてい》には、ヒトデやカニがへばりついている。

海《うみ》の生《い》き物《もの》たちは、ジャックをこわがるようすもない。まるで、この海《うみ》を泳《およ》ぐ仲間《なかま》のひとりだと、思《おも》っているみたいだ。

夢中《むちゅう》になって、海《うみ》の中《なか》を観察《かんさつ》していたジャックは、はっとわれにかえった。

海中《かいちゅう》のあまりの美《うつく》しさに見《み》とれ、アニーと交代《こうたい》することをわすれていた！

ジャックはあわてて、海面《かいめん》から顔《かお》を出《だ》した。

カヌーは、だいぶはなれたところにいた。

ジャックは手《て》をふって、アニーを呼《よ》んだ。

「おーい、アニー！」

ジャックに気《き》づいたアニーが、パドルをこいで近《ちか》づいてきた。

ジャックは、カヌーにはいあがると、マスクを取《と》ってまくしたてた。

「アニー、ここの海《うみ》は最高《さいこう》だよ！　見《み》わたすかぎり、サンゴと熱帯魚《ねったいぎょ》でいっぱいだ！

アニーの好《す》きな、タツノオトシゴもいたよ！」

「ほんと!?　ああ、わくわくする！」

アニーは、パドルをジャックにわたして言《い》った。

「お兄《にい》ちゃん、思《おも》ったより潮《しお》の流《なが》れが強《つよ》いの。しっかりこがないと、いつの間《ま》にか流《なが》されちゃうから、気《き》をつけてね」

ふと見《み》ると、砂浜《すなはま》が、さっきよりも遠《とお》のいている。ジャックは不安《ふあん》になってきた。

「アニー、シュノーケリングをしながら、浜《はま》に向《む》かって泳《およ》いでいって。ぼくはそのあとをついていくよ。そうやって、すこしずつ島《しま》にもどろう」

「了解《りょうかい》！」

アニーが、シュノーケルをくわえて、水中《すいちゅう》におりていった。

ジャックは、浜《はま》に向《む》かって泳《およ》ぐアニーを見《み》ながら、パドルをにぎった。

しかし、潮流《ちょうりゅう》のせいか、思《おも》うように進《すす》めない。アニーを追《お》うどころか、流《なが》されないようにするのが精《せい》いっぱいだ。

そのうち、風《かぜ》が出《で》てきた。波《なみ》が高《たか》くなり、カヌーはすぐに横《よこ》を向《む》いてしまう。

ジャックは必死《ひっし》でパドルをこぎ、ようやくカヌーの向《む》きをなおしたところで、アニーをさがした。

だが、浜《はま》に向《む》かっているはずのアニーがいない！

ジャックはあわてた。水《みず》をかくのをやめて、波間《なみま》に目《め》をこらす。

そのとき、背後《はいご》で、バシャッと音《おと》がした。

ふり向《む》くと、足《あし》ひれのようなものが見《み》えた。

（あれかな？　いや、アニーが、あんなうしろにいるはずは……）

もう一度《いちど》目《め》をこらしていると、こんどは、まえのほうから声《こえ》がした。

「おひいはーん！」

ふりかえると、アニーがシュノーケルをくわえたまま、さけんでいる。

「アニー、そこにいたのか。波《なみ》が高《たか》くなってきたから、そろそろあがって……」

さけびながら、ふと、ジャックの頭《あたま》に不安《ふあん》がよぎった。

（アニーはまえにいる。じゃあ、うしろの足《あし》ひれみたいなものは……？）

ジャックは、もう一度沖《いちどおき》に目《め》をやった。

その平《ひら》べったいものは、海面《かいめん》をジグザグに切《き》るように、こちらに近《ちか》づいてくる。

しだいに、形《かたち》が見《み》えてきた。水面《すいめん》につき出《だ》した、三角形《さんかくけい》のあれは……

サメだ!!

「ア、アアアアニー！　は、早《はや》く、カヌーにもどれっ！」

だが、アニーは、きょとんとしている。

「は、早《はや》く！　早《はや》く、の、乗《の》って！」

ジャックは、死《し》にものぐるいで水《みず》をかきながら、さけんだ。

アニーがゆっくり泳《およ》いできて、カヌーのふちに手《て》をかけた。

「お兄《にい》ちゃん、どうしたの？」

「い、いいから、早《はや》くあがれ！　早《はや》くしないと……」

そのとき、大波《おおなみ》が来《き》て、アニーの手《て》がカヌーからはなれた。

「早《はや》く!!」ジャックは、必死《ひっし》にさけんだ。

アニーは、ようやくカヌーにあがると、マスクと足《あし》ひれをはずしながら言《い》った。

「ほんとに、どうしたっていうの？」

「う、う、うしろ！」

なにげなくふりかえったアニーは、すぐにまえを向《む》いて、さけんだ。

「**お兄《にい》ちゃん、サメよ！　早《はや》く逃《に》げなきゃ!!**」

「だから、いま逃《に》げてるじゃないか!!」

三角《さんかく》の背《せ》びれは、音《おと》もなく近《ちか》づいてくると、カヌーのまわりを旋回《せんかい》しはじめた。

本《ほん》で読《よ》んだことがある――あれは、サメが獲物《えもの》を狩《か》るまえにする動《うご》きだ！

ジャックは、浜《はま》に向《む》かって、力《ちから》いっぱいパドルをこぐが、いっこうに進《すす》まない。

ふたたび、アニーがさけんだ。

「お兄《にい》ちゃん、サメはどこ!?　サメがいないわ！」

ジャックもまわりを見《み》る。たしかに、背《せ》びれは、どこにも見《み》えない。

「ああ……、きっと、あきらめて、どこかへ行《い》ったんだ……」

ジャックは、パドルをこぐ手《て》を止《と》め、ほーっと息《いき》をついた。

そのとき――

ザッバァァァァァァ――――ッ!!

巨大《きょだい》なサメが、まっ白《しろ》な腹《はら》を見《み》せて、海《うみ》の中《なか》から飛《と》びだしてきた。

ぱっくりと開《あ》けた口《くち》には、するどい歯《は》がずらりとならび、その奥《おく》には、生々《なまなま》しいピンク色《いろ》の空洞《くうどう》が広《ひろ》がっている。

「うわぁぁぁぁぁぁ――――っ!!」

ジャックは、パドルをふりあげ、巨大《きょだい》ザメの鼻《はな》づらを、力《ちから》いっぱいなぐりつけた。

だが、その一撃《いちげき》も、巨大《きょだい》ザメにはきかなかった。

サメは、パドルをくわえると、バキバキとかみくだいてしまった。そして、そのまま海中《かいちゅう》に姿《すがた》を消《け》した。

あたりは、しばらく、不気味《ぶきみ》な静《しず》けさにつつまれた。

アニーが、ふるえる声《こえ》で聞《き》いた。

「お兄《にい》ちゃん……、サメは、行《い》っちゃったかしら……」

「いや、まだ安心《あんしん》できない!」

ジャックがそう言《い》ったときだった。

サメが、ふたたび海面《かいめん》に顔《かお》を出《だ》し、またカヌーのまわりを、旋回《せんかい》しはじめた。

「お、お兄《にい》ちゃん、サメはカヌーも食《た》べる？」

「そんなこと、知《し》らな……」

ジャックが言《い》いおわらないうちに、サメがカヌーのはしにかぶりつき、バリバリッとかみくだいた。

「ひぃいぃいぃ――――っ！」

ふたりは、頭《あたま》をかかえた。

サメは、ふたたび、水中《すいちゅう》に姿《すがた》を消《け》した。

「つ、つぎは、わ……わたしたちの番《ばん》よ」

アニーが、泣《な》きそうな声《こえ》を出《だ》した。

「お、お兄《にい》ちゃん、こうなったら、魔法《まほう》しかないわ！　魔法《まほう》のコインを使《つか》って！」

「だめだよ！　あれは、楽《たの》しいねがいごとにしか使《つか》えないんだから！」

すると、アニーが言《い》った。

「あんな巨大《きょだい》ザメから無事《ぶじ》に逃《に》げられたら、最高《さいこう》に楽《たの》しいことよ！」

「まあ……そう言《い》われれば……！」

そのとき、サメがふたたび海面《かいめん》にあらわれた。

大《おお》きな口《くち》を開《あ》けて、カヌーに向《む》かってくる。

「お兄《にい》ちゃん！　早《はや》く！」

「うん、わかった！」

ジャックが、ふるえる手《て》でバッグを開《あ》け、巾着袋《きんちゃくぶくろ》を出《だ》した。

アニーは、袋《ふくろ》を受《う》けとると、魔法《まほう》のコインをひとつ取《と》りだし、早口《はやくち》でねがいをとなえた。

「あの巨大《きょだい》ザメから逃《に》げて、楽《たの》しみたい！」

それから、コインを空中《くうちゅう》にほうり投《な》げた。

すると、コインは、空中《くうちゅう》でキラリと光《ひか》って、七色《なないろ》のまばゆい光《ひかり》を放《はな》った。その光《ひかり》が、カヌーの上《うえ》に、滝《たき》のように降《ふ》りそそぐ。

つぎの瞬間《しゅんかん》、カヌーはコマのようにくるくると回転《かいてん》し、下《した》から立《た》ちあがった大波《おおなみ》に持《も》ちあげられた。

「きゃあぁぁぁぁぁ――――――っ!!」

ふたりは、また悲鳴《ひめい》をあげた。

波《なみ》の上《うえ》に持《も》ちあげられたカヌーは、こんどは猛《もう》スピードで、波《なみ》の斜面《しゃめん》をすべりはじめた。つぎつぎとおしよせる波《なみ》に、乗《の》ってはおり、乗《の》ってはおり、モーターボートのようにひた走《はし》る。

ジャックとアニーは、はげしくアップダウンするカヌーから落《お》ちないよう、へりにしがみついた。

しかし、ふしぎなことに、カヌーがひっくり返《かえ》ることも、ふたりがふり落《お》とされることもない。

「遊園地《ゆうえんち》のウォータースライダーみたいねっ!」

アニーが、楽《たの》しそうに言《い》った。

ジャックは、ずり落《お》ちためがねをなおして、まわりを見《み》た。

サメの姿《すがた》は、もうどこにも見《み》えない。

カヌーは、傾《かたむ》きはじめた太陽《たいよう》に向《む》かって進《すす》んでいった。

ふりかえると、コスメル島《とう》がぐんぐん遠《とお》ざかっている。

「ああ、島《しま》からはなれていく……。ぼくたち、いったいどこへ行《い》くんだろう」

ジャックの不安《ふあん》をよそに、アニーは、この波乗《なみの》りをすっかり楽《たの》しんでいる。

やがて、水平線《すいへいせん》から島影《しまかげ》が消《き》え、カヌーは、空《そら》と海《うみ》しか見《み》えない大海原《おおうなばら》を、飛《と》ぶように進《すす》んでいった。

ガァー！　ガァー！　ガァー！

カモメの群《む》れがついてくる。

ジャックも、なんだか楽《たの》しくなってきた。

「パドルもないし、カヌーもこわれてるし、島《しま》に帰《かえ》れるかどうかもわからないのに……どうしてこんなに楽《たの》しいのかな」

すると、アニーが、うれしそうにこたえた。

「わたしたちのねがいどおりになったのよ。わたし、『あの巨大《きょだい》ザメから逃《に》げて、楽《たの》しみたい』って、ねがったから！」

ユカタン半島《はんとう》の休日《きゅうじつ》プラン

「お兄《にい》ちゃん、あれ、陸地《りくち》じゃない？」

アニーが、行《ゆ》く手《て》を指《ゆび》さしてさけんだ。

水平線《すいへいせん》の上《うえ》に、熱帯《ねったい》のジャングルや、白《しろ》い砂浜《すなはま》が見《み》える。

「陸地《りくち》だ！　ああ、よかった」

ジャックは、近《ちか》づいてくる海岸線《かいがんせん》を、じっと見《み》つめた。

やがて、大《おお》きなピラミッドや、神殿《しんでん》のような建物《たてもの》も見《み》えてきた。

カヌーは岩場《いわば》に向《む》かっていく。

大《おお》きな岩《いわ》にぶつかりそうになり、ふたりは思《おも》わず目《め》をつぶった。

だが、カヌーは、岩《いわ》と岩《いわ》のあいだを通《とお》りぬけ、奥《おく》の小《ちい》さな入《い》り江《え》にはいりこむと、せまい砂浜《すなはま》に乗《の》りあげて止《と》まった。

「はあぁ――……」

ジャックは、大《おお》きく息《いき》をはいた。

「ああ、楽《たの》しかった！　あのサメのおかげね」と、アニー。

「えっ？　ま、まあ、そうとも言《い》えるかな」

ふたりはライフジャケットをぬぎ、あたりを見《み》まわした。

「ところで、ここはどこだろう？」

その入《い》り江《え》は、断崖絶壁《だんがいぜっぺき》にかこまれていた。

ジャックが、バッグからガイドブックを出《だ》して、開《ひら》いた。

「地図《ちず》を見《み》てみよう。えーと、これがコスメル島《とう》で……」

「ツリーハウスは、そこにあるのよね。で、シュノーケリングをしたのはこのあたり。

このあたりでサメに出会《であ》って……」

「魔法《まほう》のコインを使《つか》って逃《に》げた。それからカヌーは、西《にし》に傾《かたむ》いた太陽《たいよう》に向《む》かって走《はし》ってきた……」

「こっちの方向《ほうこう》ね。そうすると、これがユカタン半島《はんとう》だから……」

「ぼくたちは、いま、ユカタン半島《はんとう》の東海岸《ひがしかいがん》に流《なが》れついたんだ」

ジャックが、ユカタン半島《はんとう》のページを開《ひら》き、説明《せつめい》を読《よ》みあげる。

ユカタン半島《はんとう》の東海岸《ひがしかいがん》は、コスメル島《とう》とおなじく、人気《にんき》のリゾート地《ち》です。海沿《うみぞ》いには、豪華《ごうか》なホテルや高級《こうきゅう》レストランが建《た》ちならび、毎年《まいとし》、なん百万人《ひゃくまんにん》という観光客《かんこうきゃく》がおとずれて、美《うつく》しい海《うみ》で泳《およ》いだり、遊園地《ゆうえんち》で遊《あそ》んだり、マヤの遺跡《いせき》をめぐるツアーを楽《たの》しんだりしています。

そこには、海《うみ》から見《み》た海岸線《かいがんせん》の写真《しゃしん》がのっていた。近代的《きんだいてき》なビルがずらりとならび、道路《どうろ》にはたくさんの車《くるま》が走《はし》っている。

ジャックが、首《くび》をかしげた。

「へんだなあ……。海《うみ》から海岸線《かいがんせん》を見《み》たとき、ホテルや遊園地《ゆうえんち》みたいな建物《たてもの》は、まったく見《み》えなかったぞ」

ジャックが、さらに読《よ》みすすむ。

ユカタン半島《はんとう》には、岩盤《がんばん》が陥没《かんぼつ》したところに地下水《ちかすい》がたまった〈セノーテ〉と呼《よ》ばれる泉《いずみ》や、地下《ちか》の石灰岩《せっかいがん》が地下水《ちかすい》などで溶《と》かされてできた〈鍾乳洞《しょうにゅうどう》〉と呼《よ》ばれる洞窟《どうくつ》が、無数《むすう》にあります。

ジャングルの中《なか》にあるセノーテや鍾乳洞《しょうにゅうどう》は、神秘《しんぴ》に満《み》ちています。マヤの遺跡《いせき》とともに、セノーテや鍾乳洞《しょうにゅうどう》をめぐるツアーも人気《にんき》です。

また、ユカタン半島《はんとう》の港《みなと》からは、カリブ海《かい》クルーズのための船《ふね》が発着《はっちゃく》しています。

コスメル島《とう》とのあいだには、フェリーの便《びん》があります。


「お！　コスメル島《とう》まで、フェリーがあるんだって。ぼくたち、フェリーに乗《の》って帰《かえ》れるよ」

「よかった。フェリーなら、サメにおそわれる心配《しんぱい》もないしね」と、アニーも言《い》った。

「乗《の》り場《ば》はどこだろう」

ジャックは、海《うみ》に目《め》をやり、船《ふね》の姿《すがた》をさがしたが、海上《かいじょう》に、船《ふね》らしいものは一《いっ》せきも見《み》えない。

「もうすぐ日《ひ》が沈《しず》むわ。今日《きょう》の便《びん》は、おわっちゃったのかも」

「しかたがない。今夜《こんや》はこっちに泊《と》まって、明日《あす》のフェリーに乗《の》るしかないな」

「わあい！　豪華《ごうか》なホテルに泊《と》まって、ついでに、高級《こうきゅう》レストランで夕食《ゆうしょく》ね」

「うーん、いいけど……。でも、ちょっと調子《ちょうし》にのりすぎじゃないか？」

「そんなことないわ。だって『バカンスを楽《たの》しむ』のが今回《こんかい》の任務《にんむ》だもん！」

「まあ……そうか」

ふたりは、あらためてあたりを見《み》まわした。

崖《がけ》の上《うえ》の空《そら》が、ピンクからむらさき色《いろ》に変《か》わっている。その中《なか》に、石《いし》づくりの大《おお》きな建物《たてもの》が、シルエットになって浮《う》かびあがった。

「あれは、なんの建物《たてもの》だろう」

ジャックが、ガイドブックのページをめくると、遺跡《いせき》の図面《ずめん》が見《み》つかった。

「あっ、きっとこれのことだ」

ジャックが、説明《せつめい》を読《よ》みあげる。


ここは、むかし、マヤの都市《とし》があった場所《ばしょ》です。〈夜明《よあ》けの都《みやこ》〉と呼《よ》ばれ、重要《じゅうよう》な港町《みなとまち》でもありました。ピラミッド形《がた》の神殿《しんでん》や宮殿《きゅうでん》、神《かみ》にささげるために球技《きゅうぎ》を行《おこな》った競技場《きょうぎじょう》あとなどが残《のこ》っていて、これらはいまも見学《けんがく》できます。

近《ちか》くに、古代《こだい》マヤの遺跡《いせき》とこの地《ち》の自然《しぜん》が楽《たの》しめるテーマパークがあり、マヤのお祭《まつ》りや儀式《ぎしき》のようすを、ショーで見《み》ることができます。


ジャックが、崖《がけ》の上《うえ》に建《た》つ石《いし》づくりのピラミッドを見上《みあ》げた。

「あれはきっと、テーマパークの建物《たてもの》だ。古代《こだい》マヤの遺跡《いせき》にしては、新《あたら》しい」

「テーマパーク、おもしろそうね！　ちょっと、のぞいてみましょうよ」

「もう閉《し》まってるよ。明日《あした》、フェリーに乗《の》るまえに時間《じかん》があったら行《い》ってみよう。さあ、ホテルをさがしに行《い》こう」

ジャックは、荷物《にもつ》をまとめようとして、突然《とつぜん》「あっ！」と声《こえ》をあげた。

「どうしたの？」

「ホテルに泊《と》まるにも、夕食《ゆうしょく》を食《た》べるにも、ぼくたちお金《かね》を持《も》ってない」

すると、アニーがにっこり笑《わら》って言《い》った。

「お兄《にい》ちゃん、わすれたの？　わたしたちには、魔法《まほう》のコインがあるじゃない」

「あのコインはねがいをかなえるものだから、お金《かね》としては使《つか》えないだろう？」

「そうじゃなくて、魔法《まほう》のコインにおねがいして、お金《かね》を出《だ》してもらうのよ」

「えっ？　ホテル代《だい》が必要《ひつよう》なので、お金《かね》をください、って？　そんな都合《つごう》のいいこと、おねがいできるかなあ」

「できるに決《き》まってるわよ。それも、バカンスを楽《たの》しむためなんだから」

「まあ……それはそうだね」

ジャックがバッグから巾着袋《きんちゃくぶくろ》を出《だ》し、中《なか》から魔法《まほう》のコインを一枚《いちまい》、取《と》りだした。

「これを使《つか》うと、魔法《まほう》のコインは、あと一枚《いちまい》になっちゃうよ」

「そうね。でも、その一枚《いちまい》は使《つか》わなくても、きっと楽《たの》しくすごせるわ」

「で……、お金《かね》は、いくらほしいって、おねがいする？」

「えーと、ホテル代《だい》と、レストランの夕食代《ゆうしょくだい》と、テーマパークの入場料《にゅうじょうりょう》……」

「それに、フェリー代《だい》だ」

「ぜんぶで……一万《まん》ドルぐらい？」と、アニー。

「多《おお》すぎるよ！　そんな大金《たいきん》、持《も》ち歩《ある》けない」

「それじゃ、クレジットカードにする？」

「まさか！」ジャックは、さらにあきれた。

「クレジットカードっていうのは、使《つか》ったお金《かね》が、あとで銀行口座《ぎんこうこうざ》から引《ひ》き落《お》とされるんだぞ。モーガンが、銀行口座《ぎんこうこうざ》を持《も》っているわけないじゃないか！」

ジャックは、考《かんが》えこんだ。

「そうだな。とりあえず、五百《ひゃく》ドルにしよう。もし足《た》りなくても、コインはもう一枚《いちまい》あるから、それで、追加《ついか》のお金《かね》をおねがいすればいい」

「そうね」アニーも納得《なっとく》した。

「それじゃ、ねがいごとを言《い》うから用意《ようい》して。空《そら》からお札《さつ》が降《ふ》ってくるかもしれないからね」

「いいわ！」

アニーが、両手《りょうて》をかまえて、待《ま》った。

「このバカンスを楽《たの》しむために、五百《ひゃく》ドルのお金《かね》がほしい！」

ジャックは、魔法《まほう》のコインを高々《たかだか》とほうりあげた。

コインは、サメのときとおなじように、ピカッと光《ひか》って七色《なないろ》の光《ひかり》を放《はな》ち、その光《ひかり》が、雨《あめ》のようにふたりの上《うえ》に降《ふ》りそそいだ。

しかし、光《ひかり》が消《き》えても、空《そら》からお札《さつ》は降《ふ》ってこなかった。

「あれ？　やっぱり、お金《かね》がほしいなんていうねがいは、だめだったんじゃ……」

「だめじゃないわ。見《み》て！」

見《み》ると、カヌーの上《うえ》に、見《み》たことのないお札《さつ》のたばがおかれている。

アニーが、手《て》に取《と》って言《い》った。

「でも、これ……ドルじゃないわ」

ジャックも見《み》て言《い》った。

「これはメキシコのお札《さつ》だよ。……そうか。ここはメキシコだから、メキシコのお金《かね》をくれたんだ」

かぞえてみると、まっ新《あたら》しい五百《ひゃく》ペソ札《さつ》が二十枚《にじゅうまい》ある。合計《ごうけい》一万《まん》ペソだ。

「わあ、そんなにたくさん！っていっても、多《おお》いのか少《すく》ないのか、わからないけど」

「とにかく、お金《かね》があれば安心《あんしん》だ。アニー、そのお金《かね》は、この巾着袋《きんちゃくぶくろ》にしまっておいて」

アニーは、受《う》けとった巾着袋《きんちゃくぶくろ》の中《なか》に、お札《さつ》のたばをおしこんだ。

「風《かぜ》が、すこしつめたくなってきた……。暗《くら》くならないうちに、早《はや》くホテルをさがしに行《い》こう」

ジャックは、ふたりのライフジャケットとガイドブックをバッグにしまい、肩《かた》にかつぐと言《い》った。

「そうだ、カヌーが波《なみ》にさらわれないよう、もっと奥《おく》まで引《ひ》きあげておこう。持《も》ち主《ぬし》にかえせなくなっちゃって、申《もう》しわけないけど……」

ふたりは、カヌーを、砂浜《すなはま》の奥《おく》のほうまで運《はこ》んだ。

「さて……と。崖《がけ》の上《うえ》にのぼる道《みち》をさがさなくちゃ」と、ジャック。

すると、アニーが、「階段《かいだん》があるわ」と言《い》って、先《さき》に歩《ある》きはじめた。

「ほら、あそこ」

アニーが指《ゆび》さした先《さき》には、一本《いっぽん》のほそい階段《かいだん》が、崖《がけ》の上《うえ》へとつづいていた。

だが、近《ちか》くへ行《い》ってよく見《み》ると、それは、木《き》を組《く》んでつるで結《むす》んだだけの、そまつな階段《かいだん》だった。

「この階段《かいだん》、だいじょうぶかな」

「でも、ほかに道《みち》もなさそうだし……」

アニーが足《あし》をかけると、ギイィと板《いた》がきしんだ。

あとから、ジャックものぼりはじめる。

「お兄《にい》ちゃん、そこ、気《き》をつけて。板《いた》がくさってるみたいだから」

アニーがふりかえって、そう言《い》ったとたん——

バキッ！

ジャックの足《あし》が、板《いた》をふみ抜《ぬ》いた。

ジャックは、思《おも》わず手《て》すりにしがみついた。

折《お》れた木片《もくへん》が、バラバラと岩場《いわば》を落《お》ちていく。

「お兄《にい》ちゃん、だいじょうぶ？」

「あぁ、あぶなかった……。落《お》ちたら、大《おお》けがするところだったよ」

それから、ジャックは、いつ足《あし》もとがくずれ落《お》ちるかとはらはらしながら、慎重《しんちょう》にのぼっていった。

最後《さいご》の一段《いちだん》をのぼりきると、思《おも》わず文句《もんく》を言《い》った。

「こんなあぶない階段《かいだん》を放置《ほうち》しておくなんて、信《しん》じられないよ！」

アニーも同意《どうい》した。

「こわれてて、あぶないですよって、言《い》わないとね」

「だれに言《い》えばいいのかな」

「テーマパークの警備員《けいびいん》さんは？」

「そうだね。見《み》かけたら、かならず言《い》っとこう！」

いつの間《ま》にか、日《ひ》が暮《く》れて、あたりは暗《くら》くなってきた。

ふと、海《うみ》をふりかえったアニーが、さけんだ。

「お兄《にい》ちゃん、見《み》て！」

水平線《すいへいせん》から、みごとな満月《まんげつ》がのぼってきた。

ふたりは、銀色《ぎんいろ》にかがやく海《うみ》を、しばらくうっとりとながめた。

ショータイム

ドンドンドンドン、ドコドコドコドコ……

突然《とつぜん》、あたりにたいこの音《おと》が鳴《な》りひびき、ふたりはびっくりして飛《と》びあがった。

すぐに、木琴《もっきん》や笛《ふえ》の音《ね》がくわわり、歌《うた》もはじまった。

力強《ちからづよ》く、どこか神秘的《しんぴてき》なその音色《ねいろ》に、ジャックとアニーは、たちまち心《こころ》をうばわれた。

音楽《おんがく》は、高《たか》さ三メートルはある石壁《いしかべ》のむこうから聞《き》こえてくる。

「お兄《にい》ちゃん、テーマパークは、まだ閉《し》まってなかったのね！　なにかのショーがはじまったんだわ。見《み》に行《い》きましょうよ！」

「ちょっと待《ま》って。入場口《にゅうじょうぐち》がどこか調《しら》べるよ」

ジャックは、バッグからガイドブックを出《だ》して、さっきの図面《ずめん》のページを開《ひら》いた。

「あっ、たぶんこれだ！　テーマパークの入場口《にゅうじょうぐち》は、石壁《いしかべ》をぐるっとまわった、反対《はんたい》側《がわ》にあるみたいだぞ」

「えーっ、反対側《はんたいがわ》まで行《い》かなくちゃならないの？」

ドンドンドンドン、ドコドコドコドコ……

笛《ふえ》やたいこの音《おと》が、さらにはげしさを増《ま》した。そこへ、ほら貝《がい》の音《おと》がかさなる。

「ああ、どんなショーなのか、ちょっとでいいから、見《み》てみたいわ！」

たまらなくなったアニーが、走《はし》りだした。

「あっ、待《ま》って！」

ジャックは、ガイドブックをバッグにしまい、あとを追《お》った。

だが、すぐ追《お》いついた。アニーは、石壁《いしかべ》のまえで立《た》ちどまっていた。

見《み》ると、石壁《いしかべ》に、肩幅《かたはば》ほどのすき間《ま》がある。アニーは、そのすき間《ま》に顔《かお》をつっこみ、中《なか》をのぞきこんでいる。

「お兄《にい》ちゃん見《み》て！　すごい人《ひと》よ。たき火《び》をたいて、歌《うた》やダンスをやってるみたい」

ジャックものぞいてみたが、石壁《いしかべ》は数《すう》メートルもの厚《あつ》みがあって、むこうのようすは、すこししか見《み》えない。

「ねえ、ここから、はいりましょうよ。ほら、ちょうど、ひとり通《とお》りぬけられるくら

いのすき間《ま》よ。ぐずぐずしてたら、ショーがおわっちゃうかもしれないし」

アニーはそう言《い》うと、石壁《いしかべ》のすき間《ま》にからだをねじこんだ。

「アニー！　入場料《にゅうじょうりょう》も払《はら》わないで、はいっちゃだめだよ」

だがアニーは、聞《き》こえなかったかのように、ずりずり進《すす》んでいく。そしてついに石《いし》壁《かべ》を通《とお》りぬけると、むこう側《がわ》から、ジャックを手《て》まねきした。

「しようがないなあ」

ジャックも、バッグを肩《かた》にかけなおして、石壁《いしかべ》のすき間《ま》にからだを入《い》れた。横向《よこむ》きに、一歩《いっぽ》一歩《いっぽ》足《あし》を出《だ》して進《すす》む。

ようやく石壁《いしかべ》を通《とお》りぬけ、顔《かお》をあげたジャックは、あっと息《いき》をのんだ。

そこには、古代《こだい》の都市《とし》が、完全《かんぜん》な形《かたち》で再現《さいげん》されていた。たくさんの石《いし》づくりの建物《たてもの》がならび、道《みち》は漆喰《しっくい》のようなものできれいに舗装《ほそう》されている。

ひときわ大《おお》きな建物《たてもの》のまえは、広場《ひろば》になっていて、マヤ時代《じだい》のかっこうをした人《ひと》が、おおぜい集《あつ》まっていた。

まるで、別世界《べっせかい》にまよいこんだかのようだ。

ふたりは、広場《ひろば》が見《み》わたせる場所《ばしょ》をさがして、移動《いどう》した。

ドンドンドン、ドコドコドコ……

正面《しょうめん》の神殿《しんでん》らしい建物《たてもの》には、広《ひろ》い階段《かいだん》がついている。その上《うえ》にしつらえられたステージでは、無数《むすう》のたいまつに照《て》らされて、にぎやかなショーがくり広《ひろ》げられていた。

鳥《とり》の羽根《はね》の美《うつく》しい頭飾《あたまかざ》りとマントを身《み》につけ、からだじゅうに刺青《いれずみ》のようなペインティングをしたダンサーたち。そのうしろでは、楽団《がくだん》が、笛《ふえ》やたいこで、大迫力《だいはくりょく》の音《おん》楽《がく》をかなでている。

ステージの奥《おく》のほうには玉座《ぎょくざ》がすえられ、そこに、高貴《こうき》な身《み》なりをした男《おとこ》の人《ひと》がふたり、すわっている。

そのかたわらに、ひとりの少女《しょうじょ》が立《た》っていた。

少女《しょうじょ》は、長《なが》い黒髪《くろかみ》をうしろで三《み》つ編《あ》みにし、大《おお》ぶりのイヤリングと首飾《くびかざ》りをつけて、まっすぐまえを見《み》つめている。

「なんだか、すごいショーね」と、アニー。

「うん……。きっと、なにか重要《じゅうよう》なお祭《まつ》りとか、儀式《ぎしき》を再現《さいげん》しているんだな」

ステージでは、ジャガーやワニ、鳥《とり》の仮面《かめん》をつけた人《ひと》たちが登場《とうじょう》し、玉座《ぎょくざ》にすわるふたりの男性《だんせい》と、横《よこ》に立《た》つ少女《しょうじょ》に向《む》かって、うやうやしく礼《れい》をした。

それから、広場《ひろば》をうめつくす見物客《けんぶつきゃく》のほうを向《む》き、朗々《ろうろう》とした声《こえ》で語《かた》りはじめた。

「われら〈夜明《よあ》けの都《みやこ》〉は、遠《とお》く〈パレンケの都《みやこ》〉より、王《おう》カン・バラムと、その王女《じょ》ヨフル・イクナルをむかえ、これより、パレンケの王《おう》のあとつぎを見《み》つける儀式《ぎしき》をとり行《おこな》う。われらはこれまで、三《み》たび満月《まんげつ》の夜《よる》をむかえたが、いずれも雲多《くもおお》くして、月《つき》を見《み》ることはできなかった。だがこよい、ついに、欠《か》けることなき満月《まんげつ》を見《み》ることができた……」

「お兄《にい》ちゃん、あの人《ひと》、なんて言《い》ってるの？」アニーがたずねた。

「うーん……。どうやら、あの女《おんな》の子《こ》のお父《とう》さんは〈パレンケの都《みやこ》〉の王《おう》さまで、ここ〈夜明《よあ》けの都《みやこ》〉まで、あとつぎをさがしに来《き》た、っていう設定《せってい》らしい。それで、満《まん》月《げつ》の今夜《こんや》、その儀式《ぎしき》をやるんだってさ」

ジャックは、ふと、広場《ひろば》の見物客《けんぶつきゃく》も、みな古代人《こだいじん》のようなかっこうをしていることに気《き》づいた。

（もしかしたら、映画《えいが》の撮影《さつえい》でもしているのかな？　いや、でも、カメラが一台《いちだい》もないし、監督《かんとく》とか、プロデューサーっぽい人《ひと》もいないぞ……）

アニーが、ジャックをふりかえった。

「きっと、チケット売《う》り場《ば》で、衣装《いしょう》のレンタルをやってたのね。わたしも、マヤ人《じん》の衣装《いしょう》、着《き》てみたかったなー」

「それにしても……」ジャックが、不安《ふあん》げにこたえた。

「なんだかちょっと、おかしいと思《おも》わないか？　ショーのわりには、ぼくらみたいな観客《かんきゃく》がひとりもいない。どうやら、特別《とくべつ》な人《ひと》たちだけの集《あつ》まりみたいだ。ぼくたち、ここにいちゃいけないのかもしれないよ。気《き》づかれないうちに、そっと抜《ぬ》けだそう」

そのとき、ふたりのまえに立《た》っていた子《こ》どもが、ちらりとふり向《む》いた。

その子《こ》は、びっくりした表情《ひょうじょう》で、母親《ははおや》の腕《うで》を引《ひ》っぱった。

ふりかえった母親《ははおや》が、ジャックとアニーに目《め》をとめた。

そのとたん、広場《ひろば》じゅうにひびきわたるような悲鳴《ひめい》をあげた。

たいこの音《おと》が、ぴたりと止《と》まった。

広場《ひろば》にいた人々《ひとびと》が、いっせいに、ジャックとアニーに視線《しせん》を向《む》ける。

「まずい！　アニー、逃《に》げよう！」

ジャックは、バッグをかかえて走《はし》りだした。

「えっ、どうして？　入場口《にゅうじょうぐち》がわからなかったって、説明《せつめい》すればいいじゃない」

「いいから、早《はや》く！」

ふたりは、建物《たてもの》をまわりこみ、石碑《せきひ》をよけながら、走《はし》った。

戦士姿《せんしすがた》の男《おとこ》たちが、石槍《いしやり》を手《て》に、どやどやと追《お》いかけてくる。

ジャックは石壁《いしかべ》にたどり着《つ》き、すき間《ま》にバッグをおしこもうとしたが、なにかがつっかえて、なかなかはいらない。

「お兄《にい》ちゃん！」

アニーの声《こえ》がした。

ふりかえると、アニーが、戦士《せんし》に両腕《りょううで》をつかまれている。

屈強《くっきょう》そうな戦士《せんし》が、石槍《いしやり》をジャックにつきつけた。そのうしろを、マヤのかっこうをしたおおぜいの人《ひと》が取《と》りまいている。

ジャックは観念《かんねん》し、石壁《いしかべ》のすき間《ま》からバッグを引《ひ》きぬいて、胸《むね》にかかえた。

アニーが、「あの、こんばんは……」とあいさつしたが、人々《ひとびと》はだまって、ふたりをにらみつけている。

「ごめんなさい。じゃまするつもりじゃなかったんだけど……。近《ちか》くを通《とお》りかかったら、音楽《おんがく》が聞《き》こえたので、つい……」

そのとき、人垣《ひとがき》が左右《さゆう》に割《わ》れて、その奥《おく》から、ステージの玉座《ぎょくざ》にすわっていたふたりの男《おとこ》の人《ひと》があらわれた。うしろに、黒髪《くろかみ》の少女《しょうじょ》もいる。

さっき〈パレンケの都《みやこ》〉の王《おう》と呼《よ》ばれていた男性《だんせい》が、低《ひく》い声《こえ》でたずねた。

「――おまえたちは、なにものだ」

(ただの観光客《かんこうきゃく》に決《き》まってるじゃないか)ジャックは、心《こころ》の中《なか》でさけんだ。

(もうたくさんだ！　こんな演技《えんぎ》に、いつまでつきあわせるつもりなんだよ！)

もうひとりの若《わか》いほうの男性《だんせい》が、戦士《せんし》たちに向《む》かって命令《めいれい》した。

「この者《もの》らを宮殿《きゅうでん》につれていけ。審問《しんもん》ののち、こよい、いけにえとして、神《かみ》にささげる」

いけにえ⁉

ジャックとアニーは、広場《ひろば》に面《めん》した大《おお》きな建物《たてもの》へと連行《れんこう》された。

そこは、なん本《ぼん》もの石柱《せきちゅう》がならんだ、りっぱな建物《たてもの》だった。

回廊《かいろう》を進《すす》んだ先《さき》に、重《おも》そうな木《き》の扉《とびら》があり、そのまえで戦士《せんし》が言《い》った。

「中《なか》にはいれ！」

ふたりは、小《ちい》さい窓《まど》が一《ひと》つあるだけの、がらんとした部屋《へや》に閉《と》じこめられた。

窓《まど》から、青白《あおじろ》い月光《げっこう》がさしこんでいる。

「わたしたち、これからどうなるのかしら……」

さすがのアニーも、不安《ふあん》そうな表情《ひょうじょう》だ。

そのとき、ジャックは、はっと気《き》づいた。

あわてて、バッグからガイドブックを取《と》りだし、月明《つきあ》かりの下《した》に持《も》っていく。

「お兄《にい》ちゃん、どうしたの？」

ガイドブックを見《み》ていたジャックが、顔《かお》をあげた。

「ぼくたち……とんでもないことをしたのかもしれない……」

「とんでもないこと？」

ジャックは、ガイドブックを開《ひら》いてみせた。

「見《み》てごらん。ここに、遺跡《いせき》の写真《しゃしん》がのっている。遺跡《いせき》の建物《たてもの》は、みんな、石《いし》が古《ふる》くなって、くずれているものが多《おお》い。土台《どだい》しか残《のこ》っていない建物《たてもの》もある。さっき、王《おう》さまのかっこうをした男《おとこ》の人《ひと》が、ぼくたちを『宮殿《きゅうでん》につれていけ』って言《い》っただろう？ほら、これが、遺跡《いせき》の『宮殿《きゅうでん》』の写真《しゃしん》だ」

その建物《たてもの》は、風化《ふうか》した土台《どだい》の上《うえ》に、くずれかかった石柱《せきちゅう》が立《た》っているだけだ。

「だけど、いま、ぼくたちがつれてこられたこの宮殿《きゅうでん》は、石柱《せきちゅう》も階段《かいだん》も新《あたら》しい」

「それは、テーマパークだからじゃないの？」と、アニー。

「いや、ここはテーマパークじゃない。正真正銘《しょうしんしょうめい》のマヤの都《みやこ》なんだよ」

「どういうこと？」

「つまり、ぼくたちはいま、ここにマヤの都《みやこ》があった時代《じだい》にいるんだ——千年《せんねん》まえか二千年《にせんねん》まえか、わからないけど……」

「ええっ？　石壁《いしかべ》の中《なか》にはいったとたんに、タイムスリップしちゃったの？」

「いや、ぼくが思《おも》うに」ガイドブックの表紙《ひょうし》を見《み》つめながら、ジャックがこたえた。

「アニーが『ここへ行《い》きたい』って、呪文《じゅもん》をとなえたとき、このピラミッドを指《ゆび》さしちゃったんじゃないかな。これは、マヤの人《ひと》たちが建《た》てたピラミッドだ。だから、ツリーハウスは、このピラミッドができた時代《じだい》に、ぼくたちをつれてきたんだと思《おも》う」

「それじゃ、わたしたち、コスメル島《とう》に着《つ》いたときから、ずっと古代《こだい》マヤの時代《じだい》にいた、っていうこと？」

「きっと、そうだ。……どうりで、観光客《かんこうきゃく》も、豪華《ごうか》なホテルも、カリブ海《かい》クルーズの船《ふね》も、見《み》かけなかったわけだ」

「ああ、わたしのせいだわ。ごめんなさい！　あのとき、リゾートホテルを指《ゆび》さしていれば……」

「そうだけど、いまさらしようがない」

「それじゃ、わたしたち、ほんとうに、いけにえにされちゃうの？」

「まさか、人間《にんげん》をいけにえにするなんてことは、ないと思《おも》うけど……」

ジャックはそう言《い》いながら、ガイドブックのページをめくった。


マヤは、鉄器《てっき》をもたない、石器《せっき》だけの文明《ぶんめい》でしたが、人々《ひとびと》は、文字《もじ》や数《かず》のかぞえ方《かた》を発達《はったつ》させ、天文学《てんもんがく》、数学《すうがく》、建築《けんちく》、農耕《のうこう》について、高度《こうど》な知識《ちしき》をもっていました。

マヤの王《おう》は、太陽《たいよう》や月《つき》、星《ほし》の動《うご》きを理解《りかい》して、正確《せいかく》な暦《こよみ》を作《つく》り、それにしたがって国《くに》を治《おさ》めました。

とくに、太陽《たいよう》と月《つき》は、マヤの人々《ひとびと》にとって、神聖《しんせい》なものでした。

太陽《たいよう》が毎日《まいにち》のぼるようにと、人間《にんげん》の心臓《しんぞう》と血《ち》をささげる儀式《ぎしき》も行《おこな》いました。捕虜《ほりょ》や罪人《ざいにん》がいけにえにされましたが、いけにえとなるのは名誉《めいよ》なこととされ、後《のち》には、神《かみ》にささげたスポーツ競技《きょうぎ》の勝者《しょうしゃ》がえらばれることもありました。


ジャックは、ふるえながらガイドブックを閉《と》じた。

「たいへんだ……。いけにえは、ほんとうだったんだ！　早《はや》く、なんとかして逃《に》げないと。でも、どうすれば……」

ジャックは、部屋《へや》の中《なか》を見《み》まわした。

ここから脱出《だっしゅつ》するには、入口《いりぐち》の扉《とびら》か、小《ちい》さな窓《まど》しかない。

ジャックは、窓《まど》から外《そと》をのぞいた。

「……だめだ。見張《みは》りがうろうろしてるよ」

すると、アニーが言《い》った。

「お兄《にい》ちゃん！　魔法《まほう》のコインが、一枚残《いちまいのこ》ってるじゃない！」

「あっ、そうか！　アニー、よくぞ思《おも》いだした！」

と言《い》ったものの、ジャックはまた考《かんが》えこんだ。

「いや待《ま》てよ。ここを逃《に》げだして、ツリーハウスにもどるのは、楽《たの》しいことかな」

「それなら、『この部屋《へや》から飛《と》びだして、ツリーハウスまで、楽《たの》しく帰《かえ》りたい』って言《い》えば？」

「なるほど。いい考《かんが》えだ」

ジャックは、バッグに手《て》を入《い》れ、中《なか》をさぐった。

「あれ？　巾着袋《きんちゃくぶくろ》がないぞ……」

ジャックは、バッグを床《ゆか》において、中《なか》のものを出《だ》しはじめた。

足《あし》ひれ、ライフジャケット、シュノーケル、水中《すいちゅう》マスク、携帯電話《けいたいでんわ》……。

最後《さいご》に、バッグをさかさにしてふってみたが、巾着袋《きんちゃくぶくろ》は出《で》てこない。

「ない……。いったい、どうしたんだろう……」

アニーも、床《ゆか》の上《うえ》のライフジャケットやマスクをふったが、袋《ふくろ》は出《で》てこなかった。

「へんねえ。最後《さいご》に巾着袋《きんちゃくぶくろ》を出《だ》したのは……」

ふたりは、必死《ひっし》に思《おも》いだそうとした。

「そうだわ！　カヌーのところで、ホテルに泊《と》まるためのお金《かね》をねがったときよ」

「メキシコのお札《さつ》があらわれて……」

「わたしが、それを巾着袋《きんちゃくぶくろ》に入《い》れて……」

「そのあと、袋《ふくろ》を、バッグに入《い》れたかい？」

アニーの目《め》が泳《およ》いだ。

「えーと、入《い》れたような……入《い》れなかったような……」

「それじゃ、カヌーを砂浜《すなはま》の奥《おく》のほうへ運《はこ》んだときは、持《も》ってた？」

「それもおぼえてない……。もしかしたら、そのとき落《お》としたかも……」

あらためて、ことの重大《じゅうだい》さに気《き》づいたアニーは、パニックになった。

「ああっ、また、わたしのせいだわ！　ごめんなさい。大事《だいじ》な魔法《まほう》のコインと、大金《たいきん》をなくすなんて！」

「アニー、落《お》ちつけ。巾着袋《きんちゃくぶくろ》は、まだカヌーのそばにあるかもしれない。だったら、ここを抜《ぬ》けだせさえすれば……」

「木《き》の階段《かいだん》をおりて、カヌーのところへもどって、まわりをさがせばいいのね？」

「そういうことだ」

ジャックが、床《ゆか》に広《ひろ》げた荷物《にもつ》をバッグにつめこんでいると、ぞろぞろと人《ひと》がやってくる気配《けはい》がした。

ジャックはあわてて、バッグを閉《と》じた。

まず、たいまつを持《も》った男性《だんせい》がはいってきて、部屋《へや》のすみに立《た》った。それから、さっき玉座《ぎょくざ》にすわっていた男性《だんせい》がふたり、そのうしろから、黒髪《くろかみ》の少女《しょうじょ》がはいってきた。

さらにそのあとから、おおぜいの男女《だんじょ》の従者《じゅうしゃ》たちがつづく。

玉座《ぎょくざ》の男性《だんせい》の頭飾《あたまかざ》りは、高《たか》さが一メートルほどもある立派《りっぱ》なものだ。さらにふたりは、ジャガーの毛皮《けがわ》のマントをはおっていた。首《くび》には、緑色《みどりいろ》のひすいの首飾《くびかざ》り、腕《うで》にも大《おお》きな飾《かざ》りをつけ、それらが、たいまつの明《あ》かりでキラキラかがやいている。

いまがマヤの時代《じだい》だとすると、このふたりは、本物《ほんもの》の王《おう》ということになる。

「立《た》て！」

従者《じゅうしゃ》に腕《うで》をつかまれ、ジャックが立《た》ちあがった。

すると、いっせいに「おお！」という声《こえ》があがった。部屋《へや》にいる人々《ひとびと》が、ジャックのT《ティー》シャツを指《ゆび》さして、ひそひそささやきあっている。

そういえば、おみやげにもらったこのT《ティー》シャツには、マヤの遺跡《いせき》にあったという太《たい》陽《よう》のシンボルが描《えが》かれていた。この絵《え》に、なにか問題《もんだい》があるのだろうか……。

年《とし》を取《と》ったほうの王《おう》が、せきばらいをして、ジャックたちに向《む》きなおった。

「もう一度《いちど》、聞《き》く――そなたたちは、なにものだ。どこから来《き》た」

ジャックがこたえた。

「ぼ、ぼくたちは、ジャックとアニー。アメリカのフロッグクリークから来《き》ました」

こんどは、若《わか》い王《おう》が質問《しつもん》する。

「どうやって、この地《ち》へ来《き》た」

アニーがこたえた。

「コスメル島《とう》から、カヌーに乗《の》ってきました」

「おや……？」

そのとき、年取《としと》ったほうの王《おう》が、床《ゆか》に落《お》ちていたガイドブックに手《て》をのばした。

（しまった！　さっき、バッグの中《なか》に入《い》れわすれたんだ）ジャックは、あわてた。

「これは、なんだ」

ジャックが、おずおずとこたえる。

「そ、それは……旅行《りょこう》のガイドブックです」

王《おう》が、本《ほん》を持《も》ったまま、額《ひたい》にしわをよせた。

（中《なか》を開《ひら》いたりしませんように……）

だが、ジャックのねがいもむなしく、王《おう》は本《ほん》を開《ひら》き、ぱらぱらとめくりはじめた。

王《おう》は、目《め》を大《おお》きく見開《みひら》き、本《ほん》に見入《みい》っている。

そして、開《ひら》いたページをジャックのほうに向《む》けた。コスメル空港《くうこう》を飛《と》びたつ飛行機《ひこうき》の写真《しゃしん》がのっている。

「これはなんだ。説明《せつめい》せよ！」

「ひ、飛行機《ひこうき》……です」かすれ声《ごえ》で、ジャックがこたえた。

アニーが両腕《りょううで》を広《ひろ》げ、鳥《とり》が飛《と》ぶようなしぐさをしながら、つけくわえた。

「空《そら》を飛《と》ぶ乗《の》り物《もの》よ。たくさんの人《ひと》を乗《の》せて、遠《とお》いところまで運《はこ》ぶの」

王《おう》は目《め》を丸《まる》くして、若《わか》い王《おう》と顔《かお》を見《み》合《あ》わせた。

つぎに王《おう》が開《ひら》いたページには、カリブ海《かい》クルーズの船《ふね》の写真《しゃしん》がのっていた。

「これは、なんだ！」

「それは……客船《きゃくせん》です」と、ジャック。

すかさずアニーが、つけくわえる。

「その船《ふね》には、なん千人《ぜんにん》も乗《の》れるの。荷物《にもつ》もたくさん運《はこ》べるわ」

それから、王《おう》がページをめくるたびに、ジャックとアニーはこたえた。

「それは……モーターボート……」

「それは……潜水艇《せんすいてい》……」

「それは……ホテル……」

そのページには、部屋《へや》で女性《じょせい》がパソコンに向《む》かっている写真《しゃしん》や、男《おとこ》の子《こ》がサッカー中継《ちゅうけい》を見《み》ている写真《しゃしん》ものっていたが、ふたりはなにも言《い》わなかった。

つぎに、王《おう》が、シュノーケリングをする子《こ》どもの写真《しゃしん》を指《ゆび》さした。

「それは、水《みず》に顔《かお》をつけたまま泳《およ》ぐ……あっ、いま、その道具《どうぐ》を持《も》ってます」

ジャックはそう言《い》うと、バッグの中《なか》から、マスクとシュノーケルを取《と》りだした。

「その仮面《かめん》は、そなたのものか」

「あ、はい……。父《ちち》に買《か》ってもらったものですけど……」

「ふむ……」

王《おう》は、それだけ言《い》うと、ガイドブックを静《しず》かに閉《と》じた。

それから、ジャックをしげしげと見《み》つめ、だまってガイドブックをさし出《だ》した。

ふたりの王《おう》は、視線《しせん》をあわせてうなずくと、従者《じゅうしゃ》たちをつれて部屋《へや》を出《で》ていった。

部屋《へや》は、また、暗《くら》くなった。

王《おう》のあとつぎ

アニーが、心配《しんぱい》そうに言《い》う。

「どう思《おも》われたかしら。大《おお》うそつきだなんて、思《おも》われてないといいけど……」

「そんなこと言《い》わないでくれ。すこしでも疑《うたが》われたら、ぼくたち、命《いのち》はないんだから。とにかく、なんとかしてここから逃《に》げないと……」

そのとき、また入口《いりぐち》の扉《とびら》が開《あ》き、召使《めしつかい》の女性《じょせい》たちがはいってきた。

部屋《へや》のすみに、たいまつがすえられ、床《ゆか》の上《うえ》に、花《はな》や食《た》べ物《もの》を盛《も》った器《うつわ》が、どんどんならべられていく。

とうもろこしパン、かぼちゃのパイ、豆《まめ》の煮物《にもの》、蒸《む》したじゃがいもが、おいしそうに湯気《ゆげ》を立《た》てている。チョコレートの香《かお》りのする飲《の》み物《もの》もある。

女性《じょせい》たちが出《で》ていくと、アニーがささやいた。

「おいしそう！　でも、このごちそうは、どういうこと？」

「うーん……。いけにえになるまえの、最後《さいご》の食事《しょくじ》かな……」

ふいに、ゴトッと音《おと》がして、さっきの黒髪《くろかみ》の少女《しょうじょ》が、部屋《へや》にすべりこんできた。

少女《しょうじょ》は扉《とびら》を閉《し》めると、キラキラした瞳《ひとみ》で、ふたりをまっすぐに見《み》つめた。

「こんばんは、ジャックとアニー。わたしは、パレンケの王女《おうじょ》、ヨフル・イクナル。マヤのことばで〈風《かぜ》の心《こころ》〉という意味《いみ》よ」

「すてきな名《な》まえね」と、アニー。

すかさず、ジャックがたずねた。

「ぼくたち、ほんとうに、いけにえにされるの？」

ヨフル・イクナルがこたえた。

「あなたたちのことは、わたしの父《ちち》がいま、ここの王《おう》さまと話《はな》しあっているけど……。たぶん、いけにえにはならないと思《おも》うわ」

「そ、そうだといいな……」

そのとき、ジャックのおなかが、ぐうと鳴《な》った。

「この食《た》べものは、ここの王《おう》さまのおはからいよ。さあ、えんりょなく、どうぞ」

「ありがとう。いただきます」ジャックは、とうもろこしパンを手《て》に取《と》った。

「きみのお父《とう》さんていうのは、さっき、ぼくの本《ほん》を見《み》てた人《ひと》？」

「ええ。父《ちち》は、パレンケの王《おう》〈偉大《いだい》なる太陽《たいよう》〉で、カン・バラムというの。パレンケは、ここからとても遠《とお》いところにある都《みやこ》なの。そして、さっき、父《ちち》といっしょにいた若《わか》い方《かた》が、この都《みやこ》の王《おう》さまよ」

アニーがたずねた。

「お父《とう》さまは、あとつぎをさがしにこの都《みやこ》に来《き》た、って聞《き》いたけど……」

「ええ、そのとおり。パレンケの王《おう》には、わたししか子《こ》どもがいないの。マヤでは、王《おう》のあとつぎは男《おとこ》と決《き》まっているので、父《ちち》は、『どうか、あとつぎをおさずけください』って、神々《かみがみ》に祈《いの》ったの。そうしたら、『〈夜明《よあ》けの都《みやこ》〉をたずねよ。さすれば、満月《まんげつ》の夜《よる》に、ねがいがかなうであろう』っていうこたえが、かえってきたんですって。それで、三《さん》か月《げつ》まえにこの都《みやこ》にやってきて、満月《まんげつ》の夜《よる》を待《ま》っていたのよ」

「その大事《だいじ》な儀式《ぎしき》を、わたしたちが、だいなしにしちゃったのね。お父《とう》さまがおこるのは、あたりまえだわ……」と、アニー。

「最初《さいしょ》は、おこっていたけど、いまは、とてもよろこんでいるわ」

「どうして？」と、ジャック。

「神々《かみがみ》が、ねがいをきいてくださったから」

ヨフル・イクナルが、にっこり笑《わら》った。

「えっ、そうなの？　ということは、もしかして、あとつぎが？」

「ええ！　父《ちち》は、ジャック、あなたこそ、神々《かみがみ》がよこしてくださったあとつぎだと信《しん》じたの。あなたが、つぎの〈偉大《いだい》なる太陽《たいよう》〉になる人《ひと》だと！」

「…………」

長《なが》い沈黙《ちんもく》のあと、アニーが、はじけるように笑《わら》いだした。

「あはははは！　お兄《にい》ちゃんが、王《おう》さまのあとつぎ！　おめでとう、お兄《にい》ちゃん！」

「よかった！　よろこんでもらえて！　父《ちち》とここの王《おう》さまとの話《はな》しあいで、そうと決《き》まったら、明日《あす》の朝《あさ》には、パレンケに向《む》けて出発《しゅっぱつ》するわ。パレンケはとても大《おお》きな都《みやこ》で、ここよりももっと大《おお》きなピラミッドがあるの。あなたたちも、きっと気《き》に入《い》るわ」

ジャックはあわてた。

「ちょ、ちょ、ちょっと待《ま》って！　なんで、ぼくなの？」

ヨフル・イクナルが説明《せつめい》する。

「わたしたちが〈満月《まんげつ》の儀式《ぎしき》〉を行《おこな》っていたとき、あなたたちがあらわれたでしょう？　最初《さいしょ》は、肌《はだ》と髪《かみ》の色《いろ》がちがうふたりを見《み》て、悪霊《あくりょう》が来《き》たのかと思《おも》ったわ……。でも、ジャックは、胸《むね》に聖《せい》なる〈太陽《たいよう》〉のシンボルをつけていた！　太陽《たいよう》は、マヤの王《おう》のシンボルよ」

「そ、そうなの？　そんなこと、知《し》らなかったよ！」

「父《ちち》が、あとつぎはあなただと思《おも》った理由《りゆう》は、まだあるわ。王族《おうぞく》が儀式《ぎしき》を行《おこな》うときにつける仮面《かめん》を持《も》っていたでしょう？　それに、あなたは、わたしたちの知《し》らないことを、たくさん知《し》っている。だから父《ちち》は……」

「だめ！　だめだめだめ!!」ジャックは、けんめいに否定《ひてい》した。

「ぼくは、ただの子《こ》どもだよ！　マヤのことを、なにも知《し》らないし！」

「それは、父《ちち》から教《おそ》わればいいわ。父《ちち》も、まえの王《おう》さまから教《おそ》わったんですもの。ジャックは……、えーと、あなたが持《も》っていたあれは、なんていうもの？」

「ガイドブック？」と、アニー。

「そう。ジャックは、ガイドブックというものを持《も》っていて、たくさんの知恵《ちえ》で、人々《ひとびと》をみちびいてくれる……」

「ち、ち、ちがう！　あれは、ぼくが書《か》いたんじゃない。ぼくたちの世界《せかい》には、きみたちの世界《せかい》にないものがたくさんあるけど、飛行機《ひこうき》だって、客船《きゃくせん》だって、モーターボートだって、ぼくが作《つく》ったんじゃない。作《つく》り方《かた》も知《し》らないし、操縦法《そうじゅうほう》も知《し》らないんだ！　ぼくたちは、これからおとなになるまでにたくさん勉強《べんきょう》して、そういうもののしくみや使《つか》い方《かた》を理解《りかい》して、やっと世《よ》の中《なか》に役立《やくだ》つことができるんだよ！」

最初《さいしょ》はおもしろがっていたアニーも、まじめな顔《かお》になって口《くち》ぞえした。

「そうよ。それに、わたしたちには、家族《かぞく》がいるわ。わたしたちは、フロッグクリークに帰《かえ》らなきゃいけないの。帰《かえ》らないと、パパもママも心配《しんぱい》するわ」

ヨフル・イクナルは、けげんな表情《ひょうじょう》を浮《う》かべた。

「ジャックがパレンケの王《おう》になると聞《き》いたら、お父《とう》さまやお母《かあ》さまは、よろこんでくださるでしょう？」

アニーが、申《もう》しわけなさそうに、首《くび》をふってこたえた。

「ううん……。それより、さびしがるわ……」

ジャックも言《い》った。

「ぼくたち家族《かぞく》は、すごく仲《なか》がいいんだ。いっしょにごはんを作《つく》ったり、音楽会《おんがくかい》をやったり、旅行《りょこう》に行《い》ったり……」

「おしゃべりしたり、笑《わら》ったり……」アニーがつけくわえる。

ヨフル・イクナルは、しばらく、ふたりを見《み》つめていたが、顔《かお》をくもらせ、下《した》を向《む》いた。

「わたしも母《はは》と、いっぱいおしゃべりしたし、笑《わら》いあったわ。でも、亡《な》くなってしまったの……。いまも会《あ》いたいと思《おも》う。会《あ》って、もっともっとおしゃべりしたり、笑《わら》いあったりしたいわ……」

アニーが、声《こえ》を落《お》として言《い》った。

「それじゃ……わかってくれる？」

ヨフル・イクナルは、じっと考《かんが》えていたが、ようやく決心《けっしん》したかのように、顔《かお》をあげた。

「わかったわ。ジャックはお告《つ》げの人《ひと》じゃなかった、ということね。残念《ざんねん》だけど、きっと、べつのこたえがあるんだわ……」

「わかってくれて、ありがとう」と、ジャック。

しかし、ヨフル・イクナルの表情《ひょうじょう》はかたかった。

「だけど、ジャックがあとつぎではないとわかったら、あなたたちはとらえられて、もしかしたら、ほんとうに、いけにえにされてしまうわ」

それを聞《き》いて、ジャックは、頭《あたま》をガツンとなぐられたような気《き》がした。

「ど、どうしよう……」

すると、ヨフル・イクナルが言《い》った。

「父《ちち》たちは、もうすぐここへ来《く》る。そのまえに、逃《に》げるしかないわ」

「それじゃ……、ぼくたちが逃《に》げるのに、手《て》をかしてくれるの?」

ヨフル・イクナルは、深呼吸《しんこきゅう》をひとつすると、きっぱり言《い》った。

「ええ。お手伝《てつだ》いするわ」

秘密《ひみつ》の抜《ぬ》け道《みち》

ヨフル・イクナルがたずねた。

「ここを出《で》たあと、どうやっておうちに帰《かえ》るの？」

「崖下《がけした》の入《い》り江《え》に、ぼくたちが乗《の》ってきたカヌーがあるんだ」と、ジャック。

「カヌーのある場所《ばしょ》まで行《い》けば、コスメル島《とう》にもどって、そこから、うちに帰《かえ》れるの」

と、アニー。

ヨフル・イクナルは、すこし考《かんが》えてから、切《き》りだした。

「崖下《がけした》の入《い》り江《え》へ行《い》くには、木《き》の階段《かいだん》を通《とお》ればすぐだけど、日《ひ》の出《で》まで見張《みは》りがいるから、いまは使《つか》えないわ。だけど……」声《こえ》をひそめて、つづける。

「……秘密《ひみつ》の抜《ぬ》け道《みち》があるの。じつはわたし、この都《みやこ》に来《き》てから、夜《よる》こっそり抜《ぬ》けだして、ジャングルを探険《たんけん》したり、海《うみ》へ泳《およ》ぎに行《い》ったりしていたの。そのとき、ぐうぜん秘密《ひみつ》の抜《ぬ》け道《みち》を発見《はっけん》したのよ」

「夜《よる》のジャングルを探険《たんけん》？　こわくなかったの？」アニーがびっくりして聞《き》いた。

「こわくないわ。昼間《ひるま》は、いろいろなものが目《め》にはいってきて、落《お》ちつかないけど、夜《よる》はまっ暗《くら》だから、心《こころ》が自由《じゆう》になるの。だから、楽《たの》しいわ」

「すごい……」ジャックは、感心《かんしん》した。

三人《さんにん》は、脱出《だっしゅつ》の手順《てじゅん》について相談《そうだん》した。

「わたしが、見張《みは》りを引《ひ》きつけているあいだに、ジャックとアニーは、その窓《まど》から外《そと》に出《で》て。それから、石壁《いしかべ》にすき間《ま》があいているところまで行《い》って、待《ま》っていて」

「さっき、わたしたちが、つかまったところね」と、アニー。

「そうよ。今夜《こんや》は満月《まんげつ》で、外《そと》はかなり明《あか》るいけど、できるだけ暗《くら》いところを歩《ある》いていってね。それじゃ、気《き》をつけて！」

ヨフル・イクナルはそう言《い》うと、部屋《へや》を出《で》ていった。

ややあって、ヨフル・イクナルが、人《ひと》を呼《よ》ぶ声《こえ》が聞《き》こえてきた。

「だれか来《き》て！　イヤリングを片方《かたほう》落《お》としてしまったの！　ああ、どうしよう」

「よし、いまだ」ジャックが、アニーをうながした。

「先《さき》にアニーが出《で》て、外《そと》でバッグを受《う》けとって。そうしたら、ぼくも出《で》る」

「わかった」

アニーが、窓《まど》によじのぼって外《そと》をうかがう。

「だいじょうぶ。だれもいないわ」

アニーが窓《まど》の下《した》に飛《と》びおりると、すぐにジャックが、バッグを外《そと》におし出《だ》し、それから窓《まど》を乗《の》りこえた。

ふたりは、回廊《かいろう》の柱《はしら》のかげにかくれながら、進《すす》んだ。

中庭《なかにわ》から、ヨフル・イクナルの声《こえ》が聞《き》こえてくる。

「お母《かあ》さまの形見《かたみ》の、大事《だいじ》なイヤリングなの。たしかこのへんだと思《おも》うんだけど……」

そのすきに、ジャックとアニーは、石門《せきもん》からすべり出《で》た。

ふたりは、月明《つきあ》かりでできた建物《たてもの》の影《かげ》から影《かげ》へ、しのび足《あし》で移動《いどう》していった。

広場《ひろば》は、しんと静《しず》まりかえっている。さっきの人《ひと》だかりが、うそのようだ。

石壁《いしかべ》の近《ちか》くまで行《い》くと、壁《かべ》の上《うえ》に見張《みは》りが立《た》っているのが見《み》えた。

ふたりは、石碑《せきひ》のかげにしゃがみこみ、息《いき》をひそめて、ヨフル・イクナルを待《ま》った。

突然《とつぜん》、宮殿《きゅうでん》のあたりから、さわがしい人《ひと》の声《こえ》や物音《ものおと》が聞《き》こえてきた。

「わたしたちが逃《に》げたのが、ばれたんだわ！　ヨフル・イクナルは、来《こ》られるかしら」

アニーが、おろおろして言《い》った。

「わたしはここよ」

ふいにあらわれたヨフル・イクナルに、ふたりはぎょっとした。

ヨフル・イクナルは、足《あし》もとの石《いし》をひろうと、遠《とお》いしげみに向《む》かって投《な》げた。

ガサガサッと音《おと》がして、見張《みは》りが数人《すうにん》、そちらへ走《はし》っていくのが見《み》えた。

「さあ、いそぎましょう！」

ヨフル・イクナルは、ふたりに合図《あいず》すると、石壁《いしかべ》のすき間《ま》にすべりこんだ。

そのあとをアニーが追《お》い、ジャックがつづく。

石壁《いしかべ》の外《そと》に出《で》ると、ヨフル・イクナルは、木《き》の階段《かいだん》とは反対側《はんたいがわ》の、北《きた》の斜面《しゃめん》のしげみへとはいっていった。

ヨフル・イクナルの足《あし》ははやかった。ジャックとアニーは、しげみの枝《えだ》に足《あし》を引《ひ》っかかれながら、必死《ひっし》に追《お》いかけた。

斜面《しゃめん》を下《お》りきったところで、ふたりはやっとヨフル・イクナルに追《お》いついた。

「ここから〈歩《ある》く木《き》の森《もり》〉を抜《ぬ》けていくわ」

「〈歩《ある》く木《き》〉？　そんな木《き》があるの？　なんだかこわい」

アニーが言《い》うと、ヨフル・イクナルが笑《わら》ってこたえた。

「こわくないわ。歩《ある》く木《き》は、すごくやさしいの」

ヨフル・イクナルの言《い》う〈歩《ある》く木《き》の森《もり》〉とは、マングローブのことだった。

マングローブは、海水《かいすい》にひたる湿地《しっち》にできた森《もり》のことだ。ジャックは、本《ほん》で見《み》たことがあった。そこに育《そだ》つ木々《きぎ》は、空気中《くうきちゅう》から酸素《さんそ》をとるために、根《ね》が地表《ちひょう》に出《で》ているのだという。

木《き》を見《み》たアニーが、つぶやいた。

「ほんとうに、木《き》に足《あし》が生《は》えてるみたい！」

「アニー、それは根《ね》っこだよ」

ジャックが説明《せつめい》をはじめると、ヨフル・イクナルがきっぱり言《い》った。

「いいえ、足《あし》よ。ここの木《き》は、ほんとうに歩《ある》くの。森《もり》ごと移動《いどう》することもあるわ」

それから、木々《きぎ》に向《む》かって、小声《こごえ》でささやきかけた。

「こんばんは。〈風《かぜ》の心《こころ》〉よ。通《とお》らせてもらっていいかしら？」

するとそれまで静《しず》かだった森《もり》に、ざわざわと風《かぜ》がおこり、木々《きぎ》が枝《えだ》をゆすりはじめた。

その音《おと》は、まるで「よし……よし……よし……」と、ささやきかえしているように聞《き》こえた。

「『通《とお》っていい』って言《い》ってくれたわ。さあ、行《い》きましょう」

ヨフル・イクナルを先頭《せんとう》に、三人《さんにん》は、マングローブへとはいっていった。

あちこちから、虫《むし》の羽音《はおと》や、夜行性《やこうせい》の動物《どうぶつ》がうごめく音《おと》が聞《き》こえてくる。

ジャックとアニーは、すねまで水《みず》につかりながら、ヨフル・イクナルにおくれないようついていった。

アニーの腕《うで》に、ゲジゲジのような虫《むし》が落《お》ちてきた。アニーは、思《おも》わず悲鳴《ひめい》をあげそうになったが、その声《こえ》をのみこんだ。

ウワアァァーン……。

突然《とつぜん》、けたたましいほえ声《ごえ》が、森《もり》にひびいた。

「あ、あの声《こえ》は、なに？」アニーが、おびえた声《こえ》を出《だ》した。

（あれはきっと、ホエザルの声《こえ》だ。テレビで見《み》たことがある）

ジャックがそう思《おも》っていると、ヨフル・イクナルがこたえた。

「〈森《もり》の歴史《れきし》を語《かん》る者《もの》〉よ。夜明《よあ》けに鳴《な》くことが多《おお》いんだけど……。わたしたちに、なにか語《かた》りたくなったのかしら」

〈森《もり》の歴史《れきし》を語《かた》る者《もの》〉――ホエザルよりずっといい名《な》まえだ、と、ジャックは思《おも》った。

しばらくすると、こんどは、木《き》の上《うえ》から、グルルル……という声《こえ》が聞《き》こえてきた。

けもののうなり声《ごえ》だ。

この声《こえ》は、まえにも聞《き》いたことがある。

ヨフル・イクナルが手《て》をあげ、「止《と》まって」というしぐさをした。

「静《しず》かに。彼《かれ》が、こっちを見《み》ているわ」

「だれ？」

小声《こごえ》でジャックがたずねると、ヨフル・イクナルがこたえた。

「〈一撃《いちげき》で殺《ころ》す者《もの》〉よ。ほら、そこ」

ヨフル・イクナルが、すぐ近《ちか》くの木《き》を指《ゆび》さした。

暗《くら》やみの中《なか》に、黄色《きいろ》い目《め》が光《ひか》っている。さらに目《め》をこらすと、オレンジ色《いろ》に黒《くろ》いはんてんもようの大《おお》きな体《からだ》が見《み》えてきた。

ジャガーだ！

「話《はな》してみるわ」

そう言《い》うと、ヨフル・イクナルは、ジャガーのまえに立《た》ち、目《め》をじっと見《み》つめた。

ジャガーも、黄色《きいろ》い目《め》でヨフル・イクナルを見《み》つめかえす。

ジャックとアニーは、息《いき》をひそめた。

やがて、ヨフル・イクナルが、大《おお》きく息《いき》をついて言《い》った。

「通《とお》っていいそうよ」

「ほんと？」

ジャガーが横《よこ》たわる枝《えだ》の下《した》を、ヨフル・イクナルは、背《せ》すじをのばして歩《ある》いていく。

しばらく行《い》ったところで、ヨフル・イクナルがふりかえって、「ありがとう。おやすみなさい」と声《こえ》をかけた。

「通《とお》してくれてありがとう、ジャガーさん」アニーも言《い》った。

グルルル……

ジャガーが、また、低《ひく》いうなり声《ごえ》をあげた。

「『どういたしまして』だって」と、ジャック。

ジャックには、たしかにそう聞《き》こえた。

夜《よる》の森《もり》は、危険《きけん》がいっぱいだったが、ヨフル・イクナルは、まったく動《どう》じるようすがなかった。ジャックも、暗《くら》やみの中《なか》を歩《ある》くうちに、目《め》や耳《みみ》の感覚《かんかく》が研《と》ぎすまされていくのを感《かん》じていた。

ヨフル・イクナルを先頭《せんとう》に、ジャックとアニーは、木《き》の根《ね》のあいだを、さらに進《すす》んでいった。

ヨフル・イクナルが、ふたたび立《た》ちどまった。

水《みず》の中《なか》に横《よこ》たわっている、倒木《とうぼく》の幹《みき》を指《ゆび》さして言《い》う。

「あれには近《ちか》づかないで」

「どうして?」

「生《い》きているから」

だが、ジャックには、くさった木《き》の幹《みき》にしか見《み》えない。

ヨフル・イクナルが、近《ちか》くの小枝《こえだ》を折《お》り、その木《き》の幹《みき》に向《む》かって投《な》げつけた。

バシャッ！

ほんとうに、幹《みき》が動《うご》いた。

「あわわっ！」

ジャックは、思《おも》わずあとずさりした。

木《き》の幹《みき》に見《み》えたのは、ワニだった。

ワニが大《おお》きく口《くち》を開《あ》けたので、ジャックは、ひっくりかえりそうになった。

「あれは、〈よみの国《くに》にすむ大地《だいち》のかいぶつ〉よ」

「な、なるほど……」

ジャックは、ぴったりの名《な》まえだと思《おも》った。

「ところで、ふたりは、〈よみの国《くに》〉はこわくない？」ヨフル・イクナルがたずねた。

「海岸《かいがん》へ出《で》るには、よみの国《くに》を通《とお》らなければならないのだけど……」

「ええと……、それは、どういう場所《ばしょ》なの？」

ジャックがたずねた。

「先祖《せんぞ》の霊《れい》が宿《やど》る、地下《ちか》の世界《せかい》よ。まっ暗《くら》で、なにも見《み》えないの。みんな、こわがって行《い》こうとしないわ。父《ちち》がつれてきたパレンケの戦士《せんし》たちでさえ、近《ちか》づこうとしない場所《ばしょ》よ」

「ヨフル・イクナルはこわくないの？」と、アニー。

「わたしは、こわくないわ」

「それなら、わたしもこわくない」

アニーが言《い》うと、ジャックもこたえた。

「じゃあ、ぼくも」

ジャックは、ヨフル・イクナルといっしょなら、なにがあってもこわくない、という気《き》がしていた。

よみの国《くに》へ

マングローブを抜《ぬ》けると、うっそうとしげる木々《きぎ》にかこまれた、静《しず》かな水場《みずば》に出《で》た。

そよ風《かぜ》が木々《きぎ》の枝《えだ》をゆらすたびに、水面《すいめん》にさざ波《なみ》が立《た》ち、月光《げっこう》を反射《はんしゃ》して銀色《ぎんいろ》に光《ひか》る。神秘的《しんぴてき》な光景《こうけい》だ。

夜《よる》でも、水《みず》が透明《とうめい》なことがよくわかる。

「ここは〈聖《せい》なる泉《いずみ》〉。よみの国《くに》へは、ここからはいっていくの」

ジャックが、アニーにささやいた。

「ガイドブックに、『ユカタン半島《はんとう》には、〈セノーテ〉と呼《よ》ばれる泉《いずみ》や、〈鍾乳洞《しょうにゅうどう》〉と呼《よ》ばれる洞窟《どうくつ》が無数《むすう》にある』って書《か》いてあっただろう？　これがきっと、そのセノーテだ」

「セノーテは、〈聖《せい》なる泉《いずみ》〉のことだったのね」と、アニー。

泉《いずみ》のふちに、小《ちい》さなカヌーがおいてあった。中《なか》にパドルものっている。

ヨフル・イクナルは、カヌーを泉《いずみ》へとおし出《だ》すと、ふたりに声《こえ》をかけた。

「さあ、ジャック、アニー、乗《の》って」

アニーが、先《さき》に乗《の》り、ジャックのバッグを受《う》けとった。

つづいてジャックが乗《の》りこみ、バッグをひざの上《うえ》にかかえた。

ふたりが落《お》ちついたのを見届《みとど》けると、ヨフル・イクナルは、パドルを動《うご》かして、カヌーを出《だ》した。右《みぎ》、左《ひだり》、右《みぎ》、左《ひだり》と水《みず》をかくと、カヌーは、銀色《ぎんいろ》に光《ひか》る泉《いずみ》の水面《すいめん》をすべるように進《すす》んでいった。

びっしりと枝《えだ》がのびる森《もり》の中《なか》に、ひっそりと水《みず》をたたえる泉《いずみ》。そのすきとおった水《みず》に、月光《げっこう》がさしこんでいる。まるで、絵《え》のような美《うつく》しさだ。

やがて、前方《ぜんぽう》に、ぱっくりと口《くち》をあけた洞窟《どうくつ》が見《み》えてきた。

「よみの国《くに》への入口《いりぐち》よ」と、ヨフル・イクナル。

暗《くら》い洞窟《どうくつ》にはいると、急《きゅう》にひんやりする。

洞窟《どうくつ》の中《なか》は、くねくねと曲《ま》がりくねっていた。ところどころに、月光《げっこう》がさしこむ場《ば》所《しょ》もあるが、頭《あたま》を低《ひく》くしないと通《とお》れない場所《ばしょ》もある。そんな中《なか》を進《すす》んでいくと、突然《とつぜん》、広《ひろ》い場所《ばしょ》に出《で》た。

「わあ……！」

ジャックとアニーは、息《いき》をのんだ。

高《たか》い天井《てんじょう》の穴《あな》からさしこむ月《つき》の光《ひかり》が、なん本《ぼん》ものすじになって、広《ひろ》い洞窟《どうくつ》の中《なか》を照《て》らしている。

その空間《くうかん》には、白《しろ》い巨大《きょだい》な石柱《せきちゅう》が、なん本《ぼん》も立《た》っていた。

天井《てんじょう》からは、無数《むすう》の白《しろ》いつららが、ぎっしりとぶら下《さ》がっている。

地面《じめん》からにょっきり生《は》えた、なにかの彫刻《ちょうこく》のようなものもある。

どこもかしこも、まっ白《しろ》だ。

その中《なか》を、カヌーは静《しず》かに進《すす》んでいく。

（これが鍾乳洞《しょうにゅうどう》か……）

ジャックは心《こころ》の中《なか》でつぶやいた。

なん万年《まんねん》、なん十万年《じゅうまんねん》ものあいだに、雨水《あまみず》や地下水《ちかすい》が、地中《ちちゅう》の石灰岩《せっかいがん》をすこしずつ溶《と》かしてできたものだと、本《ほん》で読《よ》んだことがある。

しばらくして、アニーが口《くち》を開《ひら》いた。

「すごい……。これは、なに？」

ヨフル・イクナルは、さらりとこたえた。

「〈雨《あめ》の神《かみ》が作《つく》った彫刻《ちょうこく》〉よ」

（ああ、やっぱり、ヨフル・イクナルの呼《よ》び名《な》のほうがいい）と、ジャックは思《おも》った。

「あそこを見《み》て」

ヨフル・イクナルが、前方《ぜんぽう》にある岩《いわ》だなを指《ゆび》さした。

その上《うえ》には、木《き》の彫刻《ちょうこく》がいくつか、ならんでいた。

ジャガー、とぐろを巻《ま》いた大蛇《だいじゃ》などだ。怒《いか》りの表情《ひょうじょう》を浮《う》かべた王《おう》の像《ぞう》もある。

「彼《かれ》らは、〈よみの国《くに》の番人《ばんにん》〉よ。ここで、先祖《せんぞ》の霊《れい》を守《まも》っているの」

カヌーは、また、せまいトンネルにはいっていった。

すぐに、どこからも光《ひかり》が届《とど》かなくなった。そこからは、ただただ、まっ暗《くら》やみがつづく。空《くう》気《き》はつめたく、しめっぽい。

天井《てんじょう》や壁《かべ》から水《みず》がしたたり落《お》ちる、ポチャン、ポチャンという音《おと》が、あちこちから聞《き》こえてくる。

カヌーは、壁《かべ》をこすりながら進《すす》む。

そっと手《て》をのばすと、壁《かべ》はつめたくぬれていた。

ジャックは、あわてて手《て》をひっこめ、バッグをきつく胸《むね》にかかえた。さっきは「こわくない」と言《い》ったが、さすがに胸《むね》がどきどきしてきた。

アニーが、ふるえる声《こえ》で聞《き》いた。

「先祖《せんぞ》の霊《れい》は、どこにいるの？」

ヨフル・イクナルがこたえた。

「そこらじゅうにいて、さっきから、ずっと、わたしたちを見《み》ているわ」

ジャックは、思《おも》わず身《み》ぶるいした。勇敢《ゆうかん》な戦士《せんし》ですらおそれて近《ちか》よらない、というのも、無理《むり》はないと思《おも》った。

ジャックの心《こころ》を読《よ》んだかのように、ヨフル・イクナルが言《い》った。

「こわがらないで。なにかあったら、わたしが守《まも》るから安心《あんしん》して」

それから、どのくらい時間《じかん》がたっただろうか。カヌーはついに、星空《ほしぞら》が見《み》える出口《でぐち》にたどり着《つ》いた。

よみの国《くに》を出《で》たのだ。

ジャックはほっとした。

アニーも、ふぅーっと、ため息《いき》をついて言《い》った。

「ああ、無事《ぶじ》に出《で》られて、よかった！」

ヨフル・イクナルが、カヌーをこぎながら言《い》った。

「ジャックとアニーは、わたしの国《くに》の戦士《せんし》より、ずっと勇敢《ゆうかん》だわ！」

東《ひがし》の空《そら》がうっすらと白《しら》みはじめていた。

もうすぐ夜《よ》が明《あ》ける。

ヨフル・イクナルが、カヌーを泉《いずみ》のふちによせて言《い》った。

「カヌーは、ここまでよ」

ジャックとアニーが先《さき》にカヌーをおり、つづいてヨフル・イクナルもおりた。

パドルをカヌーにのせ、三人《さんにん》で、カヌーを砂地《すなち》のほうまで引《ひ》きあげる。

どこからか、浜辺《はまべ》に打《う》ちよせる波《なみ》の音《おと》が聞《き》こえてきた。カモメも鳴《な》いている。

海《うみ》が近《ちか》いということだ。

ヨフル・イクナルが言《い》った。

「崖下《がけした》の入《い》り江《え》にカヌーがあるって、言《い》ってたわね」

「ええ、木《き》の階段《かいだん》の下《した》よ」と、アニー。

「その入《い》り江《え》は、岬《みさき》をこえたところよ。さあ、行《い》きましょう」

ヨフル・イクナルは、海《うみ》に面《めん》した崖下《がけした》に、ふたりをつれていった。

「崖《がけ》の上《うえ》には見張《みは》りがいるから、見《み》つからないように、なるべく崖《がけ》に近《ちか》いところを歩《ある》きましょう」

見《み》ると、ごつごつした岩場《いわば》に、波《なみ》が打《う》ちよせている。岬《みさき》をこえると言《い》うが、先《さき》のほうは切《き》り立《た》った崖《がけ》で、打《う》ちよせる波《なみ》がぶつかっては、しぶきをあげている。

ジャックは、心配《しんぱい》になった。

「あんなところを、どうやって歩《ある》いていくの？」

「だいじょうぶ。満潮《まんちょう》をすぎたから、これからはどんどん潮《しお》が引《ひ》いていくわ。岬《みさき》をまわるころには、岩《いわ》があらわれて、通《とお》れるようになるはずよ」

そう言《い》うと、ヨフル・イクナルは歩《ある》きはじめた。

どうしてだめなの？

岩《いわ》を乗《の》りこえ、つぎの岩《いわ》へとわたりながら、三人《さんにん》は崖下《がけした》を進《すす》んでいった。

歩《ある》きながら、アニーが、ヨフル・イクナルに話《はな》しかけた。

「わたしたちが帰《かえ》ったあと、あなたは、どうするの？」

岩《いわ》に足《あし》をかけながら、ヨフル・イクナルがこたえた。

「〈夜明《よあ》けの都《みやこ》〉にもどるわ。そして、父《ちち》に、あなたたちが自分《じぶん》の国《くに》に帰《かえ》ったことを伝《つた》えないと」

「王《おう》さまは、おこるだろうね」と、ジャック。

「がっかりすると思《おも》うわ。父《ちち》は、自分《じぶん》のあとをついで民《たみ》をみちびくのはだれか、ずっとなやんでいたの。そのこたえが、やっと見《み》つかったと、よろこんでいたから」

ふたたび、アニーがたずねた。

「あなたは、お父《とう》さまの気《き》もちにさからってまで、どうして、わたしたちを助《たす》けてくれたの？」

「それは、家族《かぞく》のところへ帰《かえ》りたいというあなたたちの気《き》もちが、よくわかったからよ」

ヨフル・イクナルがつづけた。

「わたしは、だれに対《たい》しても、正《ただ》しくありたいと思《おも》っているの。王《おう》のあとつぎを見《み》つけることは、とても大事《だいじ》なことだけれど、わたしたちの国《くに》の事情《じじょう》で、あなたたちふたりを家族《かぞく》から引《ひ》きはなすことはできないわ。それは正《ただ》しくないことよ」

そのことばを聞《き》いて、アニーは足《あし》を止《と》めた。

「わたし、王《おう》さまに聞《き》いてみたいことがあるわ」

ヨフル・イクナルが、ふりかえった。

「父《ちち》に？　なにを？」

「王《おう》さまは、どうして娘《むすめ》のヨフル・イクナルを、あとつぎにできないのですか、って」

すると、ヨフル・イクナルは、ぷっと吹《ふ》きだし、笑《わら》いころげた。

「あはははは……！　おかしなことを言《い》わないで」

「おかしくないわ。まじめな話《はなし》よ」

ジャックも、アニーと同感《どうかん》だった。

「アニーの言《い》うとおりだ。ヨフル・イクナルが、パレンケの女王《じょおう》になればいい。どうしてなれないの？」

「女《おんな》だからよ」

「それだけの理由《りゆう》？　ぼくたちの世界《せかい》には、りっぱな女性《じょせい》の指導者《しどうしゃ》が、たくさんいるよ――女王《じょおう》も、大統領《だいとうりょう》も、首相《しゅしょう》も……」

「それに、社長《しゃちょう》とか、校長先生《こうちょうせんせい》とか」アニーもつけくわえる。

ヨフル・イクナルは、きょとんとして言《い》った。

「言《い》ってることが、よくわからないわ」

「つまり、りっぱな指導者《しどうしゃ》になるのに、男《おとこ》か女《おんな》かは、関係《かんけい》ない、ってことだよ」と、ジャック。

「でも、わたしたちの世界《せかい》では、それはありえないわ。考《かんが》えたこともない。王《おう》は男《おとこ》がなるものって、むかしから決《き》まっているの。――さあ、その話《はなし》はもうおしまい！　もうすぐ日《ひ》がのぼるわ。早《はや》くしないと、帰《かえ》れなくなっちゃうわよ」

ヨフル・イクナルは、早口《はやくち》でまくしたてると、ジャックたちに背《せ》を向《む》けて、歩《ある》きはじめた。

潮《しお》が引《ひ》いた岩場《いわば》をたどり、岬《みさき》をまわると、入《い》り江《え》の砂浜《すなはま》が見《み》えてきた。

アニーが、ふたたび話《はな》しかけた。

「ヨフル・イクナル、お別《わか》れするまえに、どうしても話《はな》しておきたいわ。あなたは、どんな戦士《せんし》よりも勇敢《ゆうかん》よ。夜《よる》の森《もり》も、よみの国《くに》も、ちっともこわがらなかったわ」

「また、その話《はなし》なの？　だったらもう……」

ヨフル・イクナルのことばをさえぎって、ジャックがつづけた。

「きみは、ぼくたちの話《はなし》を冷静《れいせい》に聞《き》いて、なにが正《ただ》しいかを判断《はんだん》して、すぐに行動《こうどう》をおこした。指導者《しどうしゃ》になるのに、いちばん大切《たいせつ》なことだ」

「そして、わたしたちを、ここまで安全《あんぜん》にみちびいてくれたわ」

「太陽《たいよう》や月《つき》のこと、地形《ちけい》のこと、森《もり》の植物《しょくぶつ》や動物《どうぶつ》のこと、潮《しお》の満《み》ち引《ひ》き……。いろんな知識《ちしき》をもっていたから、できたことだ」

「秘密《ひみつ》の抜《ぬ》け道《みち》も、自分《じぶん》ひとりで見《み》つけたんでしょう？」

「きみならきっと、人々《ひとびと》を正《ただ》しくみちびくことができるよ」

そのとき、水平線《すいへいせん》から朝日《あさひ》が顔《かお》を出《だ》した。

ヨフル・イクナルは、顔《かお》をあげて海《うみ》を見《み》つめ、それから、静《しず》かな声《こえ》で言《い》った。

「ありがとう。……でも、やっぱり、パレンケでは、いいえ、マヤの国々《くにぐに》では、それは許《ゆる》されないことなのよ」

すると、アニーがたずねた。

「それじゃ、聞《き》くけど、もしも許《ゆる》されたら――いつの日《ひ》か、女性《じょせい》が王《おう》になってもいいことになったら――あなたは女王《じょおう》になって、国《くに》を治《おさ》めてもいいと思《おも》う？」

ヨフル・イクナルは、ジャックとアニーを見《み》て、にっこり笑《わら》った。

「ええ。もしも許《ゆる》されるなら、よろこんでなるわ。万一《まんいち》、わたしが女王《じょおう》になって、パレンケを治《おさ》めることになったら、みんなに食《た》べ物《もの》が十分《じゅうぶん》に行《い》きわたって、だれもが学《まな》びたいことを学《まな》べるような国《くに》にしたい」

「あなたなら、できるわ！」アニーが、力《ちから》をこめて言《い》った。

「王《おう》さまに、そう言《い》ったらいいじゃない！」

ヨフル・イクナルは、首《くび》をふった。

「いいえ。父《ちち》は、どんなことがあっても、女性《じょせい》を王《おう》にはしないわ。それが、愛《あい》するひとり娘《むすめ》でもね。マヤの伝統《でんとう》に反《はん》することは、王《おう》でもできないのよ」

「ぜったいに？」

「ええ、ぜったいに――」

ヨフル・イクナルは、こうつけくわえた。

「――太陽《たいよう》の神《かみ》がお許《ゆる》しにならないかぎりね」

それを聞《き》いたアニーは、なにかを思《おも》いついたように言《い》った。

「それじゃあ、もし、お兄《にい》ちゃんが説得《せっとく》したら、王《おう》さまは考《かんが》えを変《か》えると思《おも》う？」

ジャックは、面食《めんく》らった。

「ぼくが!?」

「そうよ！　ねえ、ヨフル・イクナル。王《おう》さまは、お兄《にい》ちゃんが、自分《じぶん》たちの知《し》らないことをたくさん知《し》っていることに、おどろいたんでしょう？」

「え、ええ……」

「だから、お兄《にい》ちゃんこそ、神々《かみがみ》がつかわされたあとつぎにちがいない、と思《おも》ったのよね！」

「……そのとおりよ」

「だったら、もし、お兄《にい》ちゃんが、『女性《じょせい》も王《おう》になれる、王《おう》は男性《だんせい》でなければならないという伝統《でんとう》はまちがいだ』って言《い》ったら、王《おう》さまは、考《かんが》えを変《か》えるんじゃないかしら」

ヨフル・イクナルは、しばらく考《かんが》えていたが、ゆっくりうなずいた。

「そうね……。ジャックがそう言《い》えば、父《ちち》も、考《かんが》えを変《か》えるかもしれないわ」

ジャックは、泣《な》きそうになった。

「ちょ、ちょっと待《ま》ってよ。いまさら、王《おう》さまを説得《せっとく》しにもどるなんて、ぼくはおことわりだよ。『あとつぎはおまえだ。いやだと言《い》うなら、いけにえだ！』って言《い》われたら、どうするんだよ」

すると、アニーが、にんまり笑《わら》って言《い》った。

「だいじょうぶ。わたしに、いい考《かんが》えがあるの。わたしたちが、王《おう》さまのところにもどらなくても、王《おう》さまを説得《せっとく》する方法《ほうほう》があるのよ！」

王《おう》へのメッセージ

「お兄《にい》ちゃん、バッグをかして」

アニーは、バッグに手《て》を入《い》れると、ごそごそかきまわして、なにかを取《と》りだした。

「ジャーン！　わたしたちのかわりに、この携帯電話《けいたいでんわ》が、お兄《にい》ちゃんのメッセージを、王《おう》さまに届《とど》けてくれるわ！」

ジャックの顔《かお》が、ぱっと明《あか》るくなった。

「その手《て》があったか！　アニー、よく思《おも》いついたな！」

「えへへ。いい考《かんが》えでしょう？」

「うん。アニー、天才《てんさい》だ！」

アニーは、携帯電話《けいたいでんわ》を持《も》って、ヨフル・イクナルに向《む》きなおった。

「これを見《み》て」

ヨフル・イクナルが、携帯電話《けいたいでんわ》をのぞきこむ。

アニーが電源《でんげん》を入《い》れると、画面《がめん》に文字《もじ》があらわれた。

「きゃっ！」

ヨフル・イクナルは、おどろいて飛《と》びのいた。

ジャックが説明《せつめい》する。

「こわがらなくていいんだ。これは、ただの道具《どうぐ》だから。これを使《つか》って、ぼくのメッセージを王《おう》さまに届《とど》ける」

ヨフル・イクナルは、警戒《けいかい》しながら、しかし興味深《きょうみぶか》そうに、すこしはなれたところから、携帯電話《けいたいでんわ》を見《み》つめている。

「それ……なに？」

「携帯電話《けいたいでんわ》だよ。電話《でんわ》っていうのは、グラハム・ベルっていう人《ひと》が発明《はつめい》したもので、電線《でんせん》を使《つか》って、遠《とお》くの人《ひと》どうしが話《はな》せる機械《きかい》なんだ。それを、電線《でんせん》がなくても話《はな》せるようにしたのがこの携帯電話《けいたいでんわ》で、さらに、その機械《きかい》を使《つか》って、写真《しゃしん》とか動画《どうが》を……」

「お兄《にい》ちゃん！」アニーが口《くち》をはさんだ。

「その説明《せつめい》をしてたら、日《ひ》がくれちゃうわ！　それより、早《はや》く撮影《さつえい》しましょ」

「そうだね。ところで、バッテリーは、どのくらいもちそう？」

「あと一日《いちにち》は、もつと思《おも》うわ」

「それなら、だいじょうぶだ」

ヨフル・イクサルは、いったいなにがはじまるのかという表情《ひょうじょう》で、ふたりのやりとりを見《み》ている。

アニーが、携帯電話《けいたいでんわ》をかまえた。

「それじゃ、本番《ほんばん》いくわよ！」

「ちょっと待《ま》って！　リハーサルはなし？」

「お兄《にい》ちゃん、時間《じかん》がないのよ」

「はいはい。じゃあ、一分《いっぷん》だけ待《ま》って。言《い》いたいことをまとめるから。王《おう》さまが、なるほど！と思《おも》うような話《はなし》をしないと、いけないからね」

「そうよ。お兄《にい》ちゃんは、神々《かみがみ》からつかわされた特別《とくべつ》な人《ひと》なんだから、それらしくね」

ジャックは、しばらく考《かんが》えてから、顔《かお》をあげた。

「よし。アニー、いいよ」

ジャックは、海《うみ》をバックにして、胸《むね》の太陽《たいよう》のシンボルがよく見《み》えるように、ポーズをとった。

アニーが、携帯電話《けいたいでんわ》をジャックに向《む》けて、録画《ろくが》モードにする。

「はい！　スタート！」

「えー……。パレンケの王《おう》よ。あなたに伝《つた》えたいことがあります……」

ジャックが、低《ひく》く威厳《いげん》のある声《こえ》で、語《かた》りはじめた。

「ぼく……わたしは、残念《ざんねん》ながら、あなたのあとつぎではありません。しかし、国《くに》を治《おさ》める王《おう》は、男性《だんせい》である必要《ひつよう》はないのです。女性《じょせい》でも、りっぱな指導者《しどうしゃ》になれます。

わたしたちの世界《せかい》には、女性《じょせい》の指導者《しどうしゃ》がおおぜいいます。彼女《かのじょ》たちは、男性《だんせい》に負《ま》けないほどの知識《ちしき》があり、知恵《ちえ》があり、判断力《はんだんりょく》もあり、勇敢《ゆうかん》で、行動力《こうどうりょく》もあります。

あなたの娘《むすめ》、ヨフル・イクナルも、そんな女性《じょせい》です。彼女《かのじょ》は、人々《ひとびと》を公平《こうへい》に治《おさ》め、危機《きき》にあっても冷静《れいせい》さを失《うしな》わず、正《ただ》しい判断《はんだん》で、人々《ひとびと》をみちびくことができます。また、平和《へいわ》な時《とき》にあっては、人々《ひとびと》が豊《ゆた》かに暮《く》らせるよう、つとめるでしょう。ヨフル・イクナルこそ、つぎの〈偉大《いだい》なる太陽《たいよう》〉に、もっともふさわしい人《ひと》です。こよい、妹《いもうと》とわたしは、そのことを伝《つた》えるために、はるばるつかわされたのです……」

REC

「はい、カット！」

アニーがカメラを切《き》って、歓声《かんせい》をあげた。

「お兄《にい》ちゃん、最高《さいこう》！　すばらしいメッセージだわ！」

それから、ヨフル・イクナルに向《む》きなおってたずねた。

「ヨフル・イクナルはどう思《おも》う？　これを聞《き》けば、王《おう》さまも納得《なっとく》するかしら」

ヨフル・イクナルは、うなずきながら、しかし悲《かな》しそうな顔《かお》をした。

「ええ、すばらしかったわ。ほんとうに、父《ちち》がここにいて、じかに聞《き》けたら、よかったのだけど……。わたしが、うまく伝《つた》えられるかどうか……」

「その必要《ひつよう》はないの。ほら！」

アニーは、笑《わら》って言《い》うと、再生《さいせい》ボタンにタッチした。

画面《がめん》に、ジャックの顔《かお》があらわれ、さっきのことばが流《なが》れた。

『えー……。パレンケの王《おう》よ。あなたに伝《つた》えたいことがあります……』

「ええええっ？」ヨフル・イクナルは、また飛《と》びのいた。

「こ、これは……いったい、どういう魔術《まじゅつ》なの？」

「りくつを説明《せつめい》すると、長《なが》くなるけど……」と、ジャック。

「りくつはどうでもいいわ。それより、ヨフル・イクナル、いまから、あなたがしなければいけないことを説明《せつめい》するから、よく聞《き》いて」

「は、はい……」

「この機械《きかい》を、あなたにあずけるわ。あなたは、これを持《も》ち帰《かえ》って、王《おう》さまに見《み》せるの。操作《そうさ》はかんたんよ。まず、ここをおして……」

アニーは、手順《てじゅん》をひととおり説明《せつめい》したあと、電源《でんげん》を切《き》り、ヨフル・イクナルに携帯《けいたい》電話《でんわ》を手《て》わたした。

「こんどは、あなたがやってみて」

ヨフル・イクナルは、教《おそ》わったことを、ひとつずつくりかえした。

画面《がめん》にジャックの顔《かお》があらわれ、メッセージがはじまった。

『えー……。パレンケの王《おう》よ。あなたに伝《つた》えたいことがあります……』

ヨフル・イクナルは、メッセージを最後《さいご》まで聞《き》くと、ふたりの顔《かお》を見《み》て、うれしそうに笑《わら》った。

「王《おう》さまが、ぼくのことばを信《しん》じてくれるといいけど」と、ジャック。

「ええ。きっと信《しん》じるわ……。これは〈奇跡《きせき》のメッセージ〉だもの」

アニーが、手《て》をのばして電源《でんげん》を切《き》りながら、忠告《ちゅうこく》する。

「わすれないで。この奇跡《きせき》の力《ちから》は、たぶん、あと一日《いちにち》ぐらいしかつづかないの。だから、かならず今日《きょう》のうちに、王《おう》さまに見《み》せてね」

「それから、落《お》とさないこと。水《みず》にぬらさないこと」ジャックがつけくわえた。

「わかった。気《き》をつけるわ」

ヨフル・イクナルは、携帯電話《けいたいでんわ》を大事《だいじ》そうにだきしめた。

ジャックが、バッグをかついで言《い》った。

「これで、肩《かた》の荷《に》がおりたよ。それじゃ、ぼくたちのカヌーをさがしに行《い》こう」

アニーも、晴《は》ればれした顔《かお》で言《い》った。

「そうね。みんなに見《み》つからないうちに、出発《しゅっぱつ》しないとね」

朝日《あさひ》を映《うつ》して、東《ひがし》の海《うみ》が金色《きんいろ》にかがやいている。

カモメの鳴《な》く声《こえ》を聞《き》きながら、三人《さんにん》は、入《い》り江《え》の浜辺《はまべ》へと歩《ある》いていった。

奇跡《きせき》のプレゼント

入《い》り江《え》の奥《おく》の砂浜《すなはま》に、ふたりのカヌーがあった。

「見《み》て！　わたしたちのカヌーよ！」アニーが走《はし》りだした。

ヨフル・イクナルとジャックが、あとを追《お》いかける。

かけよるなり、アニーが、カヌーの中《なか》をのぞきこんだ。

すぐに、「あった！」とさけんで、高々《たかだか》と手《て》をあげた。その手《て》には、ビロードの巾《きん》着袋《ちゃくぶくろ》がにぎられていた。

ジャックが指摘《してき》した。

「安心《あんしん》するのは、まだ早《はや》いぞ。魔法《まほう》のコインははいってるかい？」

アニーが、袋《ふくろ》を開《あ》けて、中《なか》をのぞいた。

「あるわ。魔法《まほう》のコインも、メキシコのお金《かね》も！　ああ、これで、うちに帰《かえ》れる！」

アニーは、ピョンピョン飛《と》びはねてよろこんだ。

ジャックも、ようやくほっとした。

ヨフル・イクナルが、カヌーを見《み》てたずねた。

「これが、あなたたちのカヌー？　これで、海《うみ》をわたってきたの？　ちょっとこわれているじゃない？」

「そうなの。サメにかじられちゃって」アニーが、笑《わら》ってこたえた。

「櫂《かい》は？」

「パドルのこと？　それもサメに食《た》べられちゃったんだ」と、ジャックがこたえた。

ヨフル・イクナルは、心《こころ》から同情《どうじょう》して言《い》った。

「〈危険《きけん》なサメ〉に会《あ》ってしまったのね。〈心《こころ》やさしいサメ〉もたくさんいるのに」

「〈心《こころ》やさしいサメ〉!?」ふたりが聞《き》きかえした。

「ええ、このあたりにはたくさんいるわ。よく、いっしょに泳《およ》ぐのよ」

「サ、サメといっしょに……泳《およ》ぐ？」

「ええ。楽《たの》しいわ」

ジャックは、あきれた。

（サメといっしょに泳《およ》ぐなんて、ヨフル・イクナルは、どこまで大胆不敵《だいたんふてき》なんだ！）

アニーが説明《せつめい》する。

「わたしたちが会《あ》ったサメは、とんがった歯《は》をむき出《だ》しにして、大《おお》きな口《くち》で、パドルをガブリ！って……」

「それは、まちがいなく〈危険《きけん》なサメ〉ね。櫂《かい》を食《た》べられ、カヌーもかじられて、よく無事《ぶじ》だったわね」

「友《とも》だちがくれた魔法《まほう》のコインのおかげなの！　この魔法《まほう》のコインは、ねがいごとを言《い》って空中《くうちゅう》に投《な》げると、そのねがいがかなうのよ。だから、わたしたち、『サメから逃《に》げたい』っておねがいしたの。そうしたら、大《おお》きな波《なみ》が来《き》て、その波《なみ》に乗《の》ってこの入《い》り江《え》に運《はこ》ばれてきたの」

「まあ……そうだったの」

ヨフル・イクナルは、魔法《まほう》の話《はなし》にもおどろかなかった。それどころか、興味《きょうみ》しんしんで聞《き》いてくる。

「それじゃ、あなたたちは、こんども、その魔法《まほう》のコインを使《つか》って、コスメル島《とう》へ帰《かえ》るの？」

「ええ、そうよ」とアニー。

「なんておねがいするつもり？」

「『コスメル島《とう》まで、安全《あんぜん》に帰《かえ》りたい』かな」と、ジャック。

「『安全《あんぜん》に、楽《たの》しく帰《かえ》りたい』よ！」アニーが訂正《ていせい》する。

「おねがいするのは、『楽《たの》しいこと』じゃないときかない、って、友《とも》だちに言《い》われてるから」

　アニーが、巾着袋《きんちゃくぶくろ》から最後《さいご》のコインを取《と》りだした。

「それじゃ、わたしたち、もう行《い》かないと。……さようなら、ヨフル・イクナル。奇《き》跡《せき》のメッセージ作戦《さくせん》が、うまくいきますように」

　アニーが言《い》うと、ヨフル・イクナルがこたえた。

「どうもありがとう。だいじょうぶよ。きっとうまくいくわ」

　ジャックがカヌーにバッグをのせ、アニーとふたりで、カヌーを波打《なみう》ちぎわへとおし出《だ》した。

　ふたりでカヌーに乗《の》り、アニーが魔法《まほう》のコインをかかげた。

太陽《たいよう》の光《ひかり》を受《う》けて、コインがキラリと光《ひか》る。

「待《ま》って！」

ふたりの船出《ふなで》を見守《みまも》っていたヨフル・イクナルが、走《はし》りよってきた。

「わたしに、ねがいを言《い》わせてくれない？」

ジャックが、おどろいて言《い》った。

「いや、でもこれは、ぼくたちのことだから、ぼくたちで……」

すると、アニーが言《い》った。

「お兄《にい》ちゃん、ヨフル・イクナルにやってもらいましょうよ」

「だけど……」

「ジャック、わたしを信《しん》じて」と、ヨフル・イクナル。

「お兄《にい》ちゃん、やらせてあげて。おねがい！」

ヨフル・イクナルとアニーのふたりに真剣《しんけん》に言《い》われ、ジャックは折《お》れた。

「わかった。じゃあ、おねがいするよ」

アニーが手《て》をのばして、ヨフル・イクナルに、魔法《まほう》のコインをわたした。

「それじゃあ、さっきわたしが言《い》ったように、『ジャックとアニーが、コスメル島《とう》まで、安全《あんぜん》に、そして、楽《たの》しく帰《かえ》れますように』っておねがいしてね。ねがいごとをとなえたら、このコインを空中《くうちゅう》に投《な》げあげるの。いい？」

「ええ。まかせて！　わたし、ちょっとした奇跡《きせき》をプレゼントしたいの。ふたりがわたしにくれた奇跡《きせき》へのお礼《れい》よ」

ヨフル・イクナルは、コインをにぎって目《め》を閉《と》じ、小《ちい》さな声《こえ》でねがいごとをとなえると、空《そら》に向《む》かって、高々《たかだか》とコインを投《な》げあげた。

コインは、ピカッと光《ひか》ったかと思《おも》うと、七色《なないろ》のまばゆい光《ひかり》を放《はな》ち、その光《ひかり》が滝《たき》のようにカヌーの上《うえ》に降《ふ》りそそいだ。

つぎの瞬間《しゅんかん》、カヌーは大波《おおなみ》に持《も》ちあげられ、水平線《すいへいせん》めがけて、飛《と》ぶように走《はし》りだした。

ジャックとアニーは、カヌーから、手《て》をふってさけんだ。

「さようなら！　元気《げんき》で！」

「ありがとう！　ふたりのことは、一生《いっしょう》わすれないわ！」

ヨフル・イクナルは、いつまでも手《て》をふっていた。

その姿《すがた》はどんどん小《ちい》さくなり、とうとう見《み》えなくなった。

ジャックは手《て》をおろし、まえに向《む》きなおった。

気《き》がつくと、あたりはすっかり明《あか》るくなっていた。

上空《じょうくう》には、雲《くも》ひとつない青空《あおぞら》が広《ひろ》がり、カモメが、えさを求《もと》めて飛《と》びまわっている。

下《した》をのぞくと、すきとおった水《みず》を通《とお》して、魚《さかな》たちが泳《およ》いでいるのが見《み》えた。

カヌーは、おだやかな朝《あさ》の海《うみ》を、東《ひがし》の水平線《すいへいせん》に向《む》かってひた走《はし》る。

アニーが、ふとつぶやいた。

「携帯電話《けいたいでんわ》、あげてきちゃった……」

「うん……。しょうがない」

「パパとママには、なんて言《い》う？」

「うーん。『友《とも》だちにあげちゃった』とは言《い》えないし……」

「『落《お》とした』じゃ、うそをつくことになるし……」

「そうだ！『おいてきちゃった』って言《い》おう。それなら、うそにならない」

「そうね……」

しばらくして、こんどは、ジャックがつぶやいた。

「王《おう》さまは、ぼくの話《はなし》を信《しん》じてくれるかなあ」

「お兄《にい》ちゃんは本気《ほんき》で話《はな》していたから、きっと、信《しん》じてくれるわ」

「だといいけど」

「もし、王《おう》さまがあの話《はなし》を信《しん》じてくれたら、ヨフル・イクナルは、パレンケの女王《じょおう》になる、ってことでしょう？　うちに帰《かえ》ったら、インターネットで調《しら》べてみましょうよ。なにかわかるかもしれないわ」

「うん、そうしよう！」

さわやかな風《かぜ》に吹《ふ》かれているうちに、ジャックは眠《ねむ》くなってきた。

ジャックは、玉座《ぎょくざ》にすわらされていた。そのまえには、ごちそうがならんでいる。

「王《おう》さま……。〈偉大《いだい》なる太陽《たいよう》〉……」

そう呼《よ》ばれて、ジャックは、思《おも》わずさけんだ。

「ちがう！　ぼくは、王《おう》さまのあとつぎじゃない。ほんとうのあとつぎは……」

またしてもサメ！

ガァー！　ガァー！　ガァー！

カモメたちがさわぐ声《こえ》で、ジャックは、はっと目《め》を覚《さ》ました。

波間《なみま》に白《しろ》いさざ波《なみ》が立《た》っている。

「お、お兄《にい》ちゃん！　あ、あれ……あれ！」

アニーが、うろたえたようすで、うしろを指《ゆび》さした。

ふりかえったジャックは、一瞬《いっしゅん》で凍《こお》りついた。

海面《かいめん》に、大《おお》きな三角形《さんかくけい》のものがつき出《だ》している。

「あれは、まさか……」

サメだ！　青《あお》みがかった灰色《はいいろ》の背《せ》びれが、カヌーめがけて、ぐんぐん近《ちか》づいてくる。

アニーが、泣《な》きそうな声《こえ》で言《い》った。

「どうして、また、サメがついてくるの？」

「ヨフル・イクナルが、ねがいごとを言《い》いまちがえたのかな……」

「お兄《にい》ちゃん、どうしたらいいの？　魔法《まほう》のコインは、もうないのに！」

「どうしたらって、言《い》われても……」

カヌーは猛《もう》スピードで進《すす》んでいたが、サメも、一定《いってい》の距離《きょり》を保《たも》って、ぴったりとついてくる。

ふるえる声《こえ》で、アニーが言《い》った。

「でも……、おそってこないわ」

「いまのところはね……」

しかし、ジャックが言《い》いおわらないうちに、サメが、水《みず》しぶきをあげて、海上《かいじょう》に浮《う》かびあがった。

それは、クジラかと思《おも》うほど、巨大《きょだい》なサメだった。

はい色《いろ》の体《からだ》に、白《しろ》っぽいはんてんのもようがある。頭《あたま》は平《ひら》べったく、その先《さき》に、幅《はば》が一・五メートルはあるかというほどの、大《おお》きな口《くち》がついている。

その巨体《きょたい》が、ふいに見《み》えなくなった。

と思《おも》ったら、がくん！と衝撃《しょうげき》があって、カヌーが下《した》からつきあげられた。

「ぎゃあぁぁぁ！」

ふたりはだきあったまま、悲鳴《ひめい》をあげた。

カヌーは、完全《かんぜん》に宙《ちゅう》に浮《う》いている。

（カヌーをひっくりかえして、ぼくたちを海《うみ》に落《お》とすつもりなのか！）

ジャックは、観念《かんねん》して、ぎゅっと目《め》をつぶった。

しかし――

「お兄《にい》ちゃん、見《み》て！」

ジャックは、おそるおそる目《め》を開《あ》けた。

カヌーは、海面《かいめん》から浮《う》かびあがったまま、すべるように海《うみ》の上《うえ》を進《すす》んでいる。

「サ、サメは、どこに行《い》った？」

アニーがこたえた。

「カヌーの下《した》よ！　わたしたち、サメの背中《せなか》に乗《の》ってるの！」

「なんだって！」

見《み》ると、カヌーのすぐ下《した》に、サメの背中《せなか》があった。

アニーが言《い》った。

「お兄《にい》ちゃん、この子《こ》、わたしたちをコスメル島《とう》まで、運《はこ》ぼうとしてくれているんじゃない……？」

「ま、まさか、そんなことが……」

「でも、どう見《み》てもそうよ。もしかしたら、ヨフル・イクナルが、そう、ねがってくれたんじゃないかしら」

「じゃあ、あのとき……」

「ええ。『ジャックとアニーが、コスメル島《とう》まで、安全《あんぜん》で、楽《たの》しく帰《かえ》れますように』のあとに、『サメに送《おく》ってもらって』とかなんとか、つけ足《た》したんだわ」

「そ、それはひどいよ……。大胆《だいたん》すぎる」

「ヨフル・イクナルが『奇跡《きせき》のプレゼント』って言《い》ったのは、このことだったのね！　すばらしいプレゼントだわ！」

「すばらしいもんか！　サメだぞ!?」

ジャックは、気《き》もちがおさまらず、こわごわ水《みず》の中《なか》をのぞいた。

「サメにも、いろいろいるんじゃない？　ヨフル・イクナルも、この海《うみ》には〈心《こころ》やさしいサメ〉がいて、いっしょに泳《およ》ぐって、言《い》ってたわ。お兄《にい》ちゃん、ガイドブックに、サメの説明《せつめい》はない？」

「ええっ、この状況《じょうきょう》で調《しら》べるのか？」

とは言《い》ったものの、ジャックも、このサメにおそう気《き》があるのかないのか、早《はや》く知《し》りたかった。足《あし》もとのバッグを開《あ》けて、ガイドブックを取《と》りだす。

ページをめくると、背中《せなか》に白《しろ》っぽいはんてんもようのあるサメが、ダイバーといっしょに泳《およ》いでいる写真《しゃしん》が見《み》つかった。

「あった！　これだ！」

ジャックが説明《せつめい》を読《よ》みあげた。


カリブ海《かい》には、ジンベエザメが、よく集《あつ》まります。

サメは、魚《さかな》の仲間《なかま》で、世界《せかい》じゅうに四百種類《よんひゃくしゅるい》以上《いじょう》いますが、ジンベエザメはそのうち最大《さいだい》で、魚《さかな》の仲間《なかま》としても、地球《ちきゅう》で最大《さいだい》です。

なかには、体長《たいちょう》が十八メートルになるものもあり、体重《たいじゅう》は、平均約《へいきんやく》十九トン（一万《まん》九千《せん》キログラム）もあります。ジンベエザメは、プランクトンや小魚《こざかな》、魚《さかな》の卵《たまご》をえさにします。体《からだ》が大《おお》きいので、大量《たいりょう》のえさを求《もと》めて、カリブ海《かい》からメキシコ湾《わん》を泳《およ》ぎまわっています。ユカタン半島沖《はんとうおき》には、それらのえさがたくさんあるので、よく集《あつ》まってくるのです。人《ひと》をおそうことはなく、ダイバーといっしょに泳《およ》いでくれる、気性《きしょう》のおとなしいサメです。

「ほらね！　ヨフル・イクナルが言《い》っていた、〈心《こころ》やさしいサメ〉っていうのは、ジンベエザメのことだったのよ！」

「し、信《しん》じられない……！」

ジャックたちの会話《かいわ》を、聞《き》いているのかいないのか、ジンベエザメは、青《あお》い海《うみ》を、猛《もう》スピードで泳《およ》いでいった。

上空《じょうくう》では、カモメやアジサシやペリカンが、鳴《な》きながら飛《と》びまわっている。

ジンベエザメが、カヌーを背中《せなか》に乗《の》せて泳《およ》いでいたら――それを上空《じょうくう》から見《み》たら、おもしろいだろうな、とジャックは思《おも》った。

海鳥《うみどり》たちは、そのようすを見《み》て、笑《わら》いあっているのかもしれない。

ジャックは、しだいに心《こころ》がほのぼのとして、ゆかいな気《き》もちになってきた。

いつまでも、こうして海《うみ》の上《うえ》を旅《たび》していたいと思《おも》った。

ふいに、アニーがさけんだ。

「お兄《にい》ちゃん！　陸地《りくち》よ！」

ジャックは、目《め》をこらして、行《ゆ》く手《て》を見《み》つめた。

白《しろ》い砂浜《すなはま》、石《いし》のピラミッド、ヤシの木《き》の木立《こだち》が、はっきり見《み》えてきた。

コスメル島《とう》だ。

砂浜《すなはま》が近《ちか》づいてくると、ジンベエザメは、海中《かいちゅう》にすうっと身《み》を沈《しず》めて、カヌーを解《かい》放《ほう》した。

こんどは、カヌーが、自力《じりき》で砂浜目《すなはまめ》ざして進《すす》みはじめた。

そして、あっという間《ま》に、白《しろ》い砂浜《すなはま》に乗《の》りあげて止《と》まった。

ジャックがガイドブックをしまい、ふたりが、カヌーをおりてふりかえると、大《おお》きな三角《さんかく》の背《せ》びれが、沖《おき》に向《む》かって帰《かえ》っていくのが見《み》えた。

アニーがさけんだ。

「ありがとう！　ジンベエザメさーん」

ふたりは、ジンベエザメの背《せ》びれが見《み》えなくなっても、水平線《すいへいせん》を見《み》つめていた。

しばらくして、ジャックが、ため息《いき》をついた。

「そろそろ行《い》こうか」

「そうね」

ふたりは、あたたかい砂《すな》の上《うえ》を、マジック・ツリーハウスがのっているヤシの木《き》に向《む》かって、歩《ある》きだした。

アニーがなわばしごをつかんでのぼり、ジャックがあとにつづいた。

ツリーハウスの窓辺《まどべ》に立《た》つと、潮風《しおかぜ》が、ヤシの葉《は》をざわざわとゆらして、通《とお》りすぎていった。

「さあ、フロッグクリークに帰《かえ》ろう」

ジャックが、ペンシルベニア州《しゅう》のガイドブックを手《て》に取《と》った。

窓辺《まどべ》に立《た》って、海《うみ》をながめていたアニーが、言《い》った。

「ここに着《つ》いたときには……、こんな一日《いちにち》になるなんて、思《おも》ってもみなかったわ」

それから、ジャックをふりかえり、にっこり笑《わら》って言《い》った。

「でも、すっごく楽《たの》しかった！」

「そうだね」

ジャックは、ガイドブックのフロッグクリークの写真《しゃしん》に指《ゆび》をおいて、となえた。

「ここへ、帰《かえ》りたい！」

そのとたん、風《かぜ》が巻《ま》きおこった。

ツリーハウスが、いきおいよくまわりはじめた。

回転《かいてん》はどんどんはやくなる。

ジャックは思《おも》わず目《め》をつぶった。

やがて、なにもかもが止《と》まり、静《しず》かになった。

なにも聞《き》こえない。

女《じょ》王《おう》ヨフル・イクナル

そよ風《かぜ》をほおに感《かん》じて、ジャックは目《め》を開《あ》けた。

ツリーハウスの中《なか》は、夏《なつ》の森《もり》のにおいでいっぱいだった。

ジャックは、思《おも》わずつぶやいた。

「冒険《ぼうけん》がどんなに楽《たの》しくても、ここに帰《かえ》ってくると、いつもほっとするね」

すると、窓《まど》の外《そと》から声《こえ》がした。

「お帰《かえ》り！」

びっくりしてふりかえると、テディが、窓《まど》の外《そと》の木《き》の枝《えだ》にすわっていた。

「テディ！　キャメロットに帰《かえ》ったんじゃなかったの？」アニーがさけんだ。

テディが、枝《えだ》につかまりながら、窓《まど》からはいってきた。

「ふたりの話《はなし》を聞《き》きたくて、もどってきたんだ。それで、バカンスはどうだった？」

「ええ、とっても楽《たの》しかった！　最高《さいこう》だったわ！」

ジャックもつけくわえた。

「ちょっとした手《て》ちがいは、あったけどね」

「手《て》ちがい？　なにがあったんだい？　シュノーケリングとかいうのが、できなかったとか？」

ジャックとアニーは、思《おも》わず笑《わら》った。

「いや、シュノーケリングは、思《おも》いきり楽《たの》しんだよ」と、ジャック。

「でも、海《うみ》で、サメにおそわれて……」と、アニー。

「着《つ》いたところが、古代《こだい》マヤの都《みやこ》で……」

「お兄《にい》ちゃんは、もうすこしで、マヤの王《おう》さまにされるところだったの」

テディは、ふたりの話《はなし》が、まったく理解《りかい》できないようだった。

「つまり、なにが手《て》ちがいだったんだい？」と、テディ。

「つまり……」

ジャックは、バッグを開《あ》け、ガイドブックを取《と》りだして説明《せつめい》した。

「ぼくたちは、いまの時代《じだい》のコスメル島《とう》に行《い》ったつもりだったんだ」

「そうじゃなかったの？」

「うん。これを見《み》て」

ジャックは、表紙《ひょうし》の、石《いし》のピラミッドの写真《しゃしん》を指《ゆび》さした。

「アニーが、この写真《しゃしん》を指《ゆび》さして、『ここへ行《い》きたい』ってとなえたから、ぼくたち、このピラミッドができた時代《じだい》、つまり、古代《こだい》マヤの時代《じだい》に、行《い》っちゃったんだ」

「えっ　それじゃ、思《おも》ったほど、楽《たの》しめなかったのかい？」

「いいや。それどころか、夢《ゆめ》のような一日《いちにち》だったよ。魔法《まほう》のコインも、ぜんぶ使《つか》わせてもらった」

ジャックは、バッグに手《て》を入《い》れ、ビロードの巾着袋《きんちゃくぶくろ》を取《と》りだした。

「あれっ？」

袋《ふくろ》は軽《かる》かった。のぞいてみると、中《なか》は空《から》っぽだった。

「メキシコのお札《さつ》が残《のこ》っていたはずなのに、なくなってる！」

「わたしたちには、もう必要《ひつよう》ないから、消《き》えちゃったのね」と、アニー。

「魔法《まほう》のコインは、役《やく》に立《た》った？」と、テディ。

「ええ、もちろん！　すごい威力《いりょく》だったわ」

ジャックは、巾着袋《きんちゃくぶくろ》とガイドブックを、テディにかえした。

「どうもありがとう。モーガンとマーリンに、すばらしい任務《にんむ》をありがとうって、伝《つた》えてくれる？」

「うん。ジャックとアニーは、任務《にんむ》をちゃんとはたしました、って報告《ほうこく》しておくよ。こういうごほうびが、またもらえるといいね」

すると、アニーが言《い》った。

「そうね。でも……そのまえに、ちょっと休養《きゅうよう》したいわ」

テディが、あきれて言《い》った。

「え？　バカンスに行《い》ったのに？」

「うん。ときには、バカンスのあとの休養《きゅうよう》も必要《ひつよう》なんだよ！」

三人《さんにん》は、顔《かお》を見合《みあ》わせて笑《わら》った。

ジャックが、バッグをかついで言《い》った。

「それじゃ、テディ。フロッグクリークに来《き》てくれて、ありがとう。また、近《ちか》いうちに会《あ》えるといいね」

「キャスリーンや、みんなによろしくね」と、アニーも言《い》った。

「うん。伝《つた》えるよ。また会《あ》おう！」

ジャックとアニーは、なわばしごをおりた。

木の下《した》には、ふたりの自転車《じてんしゃ》が、来《き》たときのままおいてあった。

見上《みあ》げると、テディが、ツリーハウスの窓《まど》から手《て》をふっている。

ふたりも、手《て》をふりかえした。

突然《とつぜん》、まばゆいばかりの光《ひかり》がツリーハウスをつつんだ。

つぎの瞬間《しゅんかん》、ツリーハウスは消《き》えていた。

「行《い》っちゃった……」アニーが、つぶやいた。

ジャックは、自転車《じてんしゃ》の荷台《にだい》に、バッグを結《ゆ》わえつけた。

ふたりは、森《もり》の落《お》ち葉《ば》や木《き》の根《ね》の上《うえ》を、自転車《じてんしゃ》でカタカタと走《はし》り、道路《どうろ》に出《で》ると、家《いえ》に向《む》かってスピードをあげた。

「パパ、ママ、ただいま！」

家《いえ》に着《つ》くと、ふたりは玄関《げんかん》に飛《と》びこんだ。

家《いえ》の中《なか》には、パンが焼《や》ける香《こう》ばしいにおいが、ただよっている。

キッチンから、パパの声《こえ》がした。

「お帰《かえ》り！　シュノーケリングはどうだった？」

アニーがこたえた。

「すごく楽《たの》しかったわ！　わたしたち、たくさん泳《およ》いで、おなかぺこぺこ！」

すると、ママの声《こえ》が聞《き》こえた。

「いま、トルティーヤを焼《や》いてるのよ。おかずは、パパが作《つく》ってくれてるわ」

「トルティーヤって、とうもろこし粉《こ》で作《つく》るメキシコのパンでしょう？　じゃあ、夕《ゆう》ごはんはメキシコ料理《りょうり》ね？」

ジャックが言《い》った。

「ぼくたち、すぐに着《き》がえてくるよ！　だけど、ごはんのまえに、ちょっとだけ、パソコンを使《つか》ってもいい？」

「ああ、いいよ」と、パパがこたえた。

ふたりは、いそいで着《き》がえると、リビングでパソコンを立《た》ちあげた。

インターネットの検索《けんさく》画面《がめん》を開《ひら》き、『ヨフル・イクナル』と入力《にゅうりょく》する。
「『検索《けんさく》』！」
クリックすると、すぐに画面《がめん》があらわれた。

ヨフル・イクナルは、ユカタン半島西部《はんとうせいぶ》、古代《こだい》マヤの都市《とし》パレンケの女王《じょおう》。西暦《せいれき》五八三年《ねん》に即位《そくい》し、亡《な》くなる六〇四年《ねん》まで、この都市《とし》を治《おさ》めた。
ヨフル・イクナルとは、マヤのことばで〈風《かぜ》の心《こころ》〉という意味《いみ》である。

「すごい！　ヨフル・イクナル、おめでとう！」アニーがさけんだ。

ヨフル・イクナルは、父王《ちちおう》の死後《しご》、マヤの歴史上《れきしじょう》はじめての女王《じょおう》となった。女王《じょおう》の即位《そくい》には、特別《とくべつ》な事情《じじょう》があったと考《かんが》えられるが、くわしいことは伝《つた》わっていない。

「この『特別《とくべつ》な事情《じじょう》』って、なんだったんだろうね。もしかしてそれが、ぼくたちの携帯電話《けいたいでんわ》の動画《どうが》だったら、ゆかいだな」

「だれも知《し》らない秘密《ひみつ》ね」

「そうだね」

ジャックは、静《しず》かにパソコンを閉《と》じた。

「わたし、ヨフル・イクナルが女王《じょおう》になって、ほんとうにうれしいわ」

「ぼくもだよ。……さあ、ママとパパが作《つく》ってくれたメキシコ料理《りょうり》の夕《ゆう》ごはんを食《た》べよう！」

お話《はなし》のふろく――カリブの巨大《きょだい》ザメ

サメは、すばらしい「海《うみ》のハンター」

サメは、どうもうでおそろしいというイメージがありますが、現在《げんざい》、世界《せかい》にいるサメは四百種以上《よんひゃくしゅいじょう》、体《からだ》の大《おお》きさも、形《かたち》も、食《た》べる物《もの》もさまざまです。すんでいるところも、海面《かいめん》に近《ちか》いところから深海《しんかい》まで、また、あたたかい海《うみ》からつめたい海《うみ》、川《かわ》など、いろいろです。さらに、するどい歯《は》で獲物《えもの》におそいかかる種類《しゅるい》もいれば、ゆったりと泳《およ》ぎながら小《ちい》さなプランクトンを食《た》べる種類《しゅるい》もいます。

一方《いっぽう》で、死《し》んだクジラなどを食《た》べてくれる肉食《にくしょく》のサメは、くさった肉《にく》で海《うみ》がよごれるのをふせいでくれる、海《うみ》の大切《たいせつ》な生《い》き物《もの》でもあります。近年《きんねん》、乱獲《らんかく》によりサメの数《かず》がへっているため、保護《ほご》しようという動《うご》きが広《ひろ》がっています。

とはいえ、ホホジロザメやイタチザメのように、おそわれたら命《いのち》を落《お》としかねない危険《きけん》なサメもいます。これらのサメは、人間《にんげん》を獲物《えもの》のアザラシと見《み》まちがえたり、やたらと動《うご》くものに思《おも》わずかみつくことがあります。

もしもサメに出会《であ》ってしまったら、どんなことに気《き》をつけたらよいか、海《うみ》へ行《い》くまえに調《しら》べておくとよいでしょう。

この本《ほん》と同時発売《どうじはつばい》の『マジック・ツリーハウス探険《たんけん》ガイド　サメと肉食動物《にくしょくどうぶつ》たち』は、さまざまなサメの種類《しゅるい》や生態《せいたい》、たくみな狩《か》りのしかたなどをくわしく紹介《しょうかい》しています。ぜひ読《よ》んでみてください。

マジック・ツリーハウス探険《たんけん》ガイド

サメと肉食動物《にくしょくどうぶつ》たち

著《ちょ》：メアリー・ポープ・オズボーン
ナタリー・ポープ・ボイス

2　サメ

恐竜より前からいる魚

サメは、地球上にもっとも古くからいる生物の1つです。サメの祖先である古代ザメは4億年以上前からいたとされ、恐竜などよりもはるかにむかしからいたことになります。そして、100万年前にはすでに、ほとんどのサメが、わたしたちの知るいまの姿になっていたと考えられます。

現在、世界には、400種以上のサメがいます。そのなかには、赤ちゃんザメを産むものもいれば、卵を産むものもいます。

恐竜が生きていたのは、約2億2500万年前〜約6500万年前。つまり、サメは、恐竜よりおよそ2億年も前にあらわれたんだね！

26　27

あごと歯

「ジョーズ」という題名の、巨大ザメが出てくる有名な映画があります。ジョーズとは「あご」のこと。サメのあごはとても強力です。また、あごの骨は頭蓋骨とはべつなので、獲物にかみつくとき、あごだけ前につき出せるようになっています。それで、口がガバッと大きく開き、歯が獲物の肉に大きく、深くささるのです。

サメの歯は、口の内側に向かって生えていて、獲物をがっちりと引っかけられるようになっています。また、なにをえさにするかによって、歯の大きさや形がちがいます。

たとえば、ホホジロザメは、イルカやアザラシなど大型動物をおそうことがあり、歯はするどい三角形で、ふちがノコギリのようにギザギザしています。これは、肉を食いちぎるのに向いています。アオザメやニシレモンザメなどは、すべりやすい魚を逃がさないように、ほそ長い牙のような歯を持っています。また、どんな物でも食べてしまうイタチザメ（別名タイガー・シャーク）の歯は、「ハート形」とか「とさか形」といわれる形をしており、ウミガメの甲羅もバリバリとかみくだいてしまい

左の写真とくらべ、下の写真では、あごが前に出て、口が大きく開いているのがわかるね。ほとんどのサメは、5列以上の「歯列」があるんだ！

38　39

マヤ文明《ぶんめい》

世界地図《せかいちず》を見《み》てみましょう。アメリカ合衆国《がっしゅうこく》の南《みなみ》に、メキシコ、グアテマラ、ベリーズ、ホンジュラスといった国《くに》がならんでいます。この地域《ちいき》には、なんと千年《ぜんねん》もまえから、独自《どくじ》の文字《もじ》や正確《せいかく》な暦《こよみ》をもち、石《いし》で神殿《しんでん》や宮殿《きゅうでん》をつくり、王《おう》を指導者《しどうしゃ》とする社会《しゃかい》をきずいた文明《ぶんめい》がありました。その一《ひと》つが〈マヤ文明《ぶんめい》〉です。

〈マヤ〉という国《くに》はなく、おなじような文化《ぶんか》をもった都市国家《としこっか》が、この地域《ちいき》につぎつぎと生《う》まれ、たがいに交流《こうりゅう》していました。これらの国家《こっか》に共通《きょうつう》していたのは、道具《どうぐ》が石器《せっき》か土器《どき》だったこと、つまり、鉄《てつ》などの金属器《きんぞくき》をほとんど使《つか》わなかったことです。遺跡《いせき》からは、かみそりのように切《き》れ味《あじ》のよい石《いし》の刃《は》が、たくさん見《み》つかっています。

マヤの王《おう》の役割《やくわり》

マヤの王《おう》は、太陽《たいよう》の化身《けしん》であり、神々《かみがみ》や先祖《せんぞ》と交流《こうりゅう》できる存在《そんざい》とされていました。そのため、儀式《ぎしき》では仮面《かめん》をかぶり神々《かみがみ》となって踊《おど》ったり、人々《ひとびと》の平安《へいあん》をねがって、みずからの血《ち》を神々《かみがみ》にささげたりもしました。

また、王《おう》の業績《ぎょうせき》を石碑《せきひ》にきざんだり、儀式《ぎしき》で使《つか》う楽器《がっき》を作《つく》ったり、王《おう》が身《み》につける装飾品《そうしょくひん》を作《つく》ったりするのは、王族《おうぞく》や貴族《きぞく》の仕事《しごと》でした。

〈パレンケ〉と〈トゥルム〉

ヨフル・イクナル（またはヨール・イクナル）のふるさと〈パレンケ〉は、ユカタン半島西部《はんとうせいぶ》の熱帯雨林《ねったいうりん》地帯《ちたい》に実在《じつざい》した都市《とし》で、遺跡《いせき》は、世界遺産《せかいいさん》に指定《してい》されています。当時《とうじ》の名《な》を〈ラカム・ハ〉といいました。これは「大《おお》いなる水《みず》」という意味《いみ》で、都市《とし》のなかをいくつもの小川《おがわ》が流《なが》れていました。

また、ジャックとアニーがカヌーで流《なが》れついた〈夜明《よあ》けの都《みやこ》〉は、ユカタン半島《はんとう》の東岸《とうがん》に遺跡《いせき》が残《のこ》る〈トゥルム〉がモデルとなっています。実際《じっさい》にトゥルムが栄《さか》えていたのは、ヨフル・イクナルの時代《じだい》より六百年《ろっぴゃくねん》ほどあとのこと。当時《とうじ》は、トゥルムやコスメル島《とう》の商人《しょうにん》たちが、カヌーでさかんに交易《こうえき》を行《おこな》っていたといいます。

しかし、まだ見《み》つかっていない遺跡《いせき》もたくさんあるといわれます。新《あら》たに遺跡《いせき》が発《はっ》見《けん》されたら、どんな事実《じじつ》が見《み》つかるでしょう。そう思《おも》うと、わくわくしますね。

●マジック・ツリーハウス シリーズ　各巻定価：780円（+税）

●マジック・ツリーハウス探険ガイド シリーズ

①～⑨巻　定価：700円（+税）　⑩～⑫巻　定価：780円（+税）

来日中の著者

著者：メアリー・ポープ・オズボーン

ノースカロライナ大学で演劇と比較宗教学を学んだ後、世界各地を旅し、児童雑誌の編集者などを経て児童文学作家となる。以来、神話や伝承物語を中心に100作以上を発表し、数々の賞に輝いた。また、アメリカ作家協会の委員長を2期にわたって務めている。コネティカット州在住。

マジック・ツリーハウス・シリーズは、1992年の初版以来、2016年までに55話のストーリーが発表され、いずれも、全米の図書館での貸し出しが順番待ちとなるほどの人気を博している。現在、イギリス、フランス、スペイン、中国、韓国など、世界37か国で翻訳出版されている。

訳者：食野雅子（めしのまさこ）

国際基督教大学卒業後、サイマル出版会を経て翻訳家に。4女の母。小説、写真集などのほかに、ターシャ・テューダー・シリーズ「暖炉の火のそばで」「輝きの季節」「コーギビルの村まつり」「思うとおりに歩めばいいのよ」や「ガフールの勇者たち」シリーズ（以上KADOKAWAメディアファクトリー）など訳書多数。

マジック・ツリーハウス40
カリブの巨《きょ》大《だい》ザメ

2016年６月17日　初版　第１刷発行
2024年８月５日　　　　第５刷発行

著者／メアリー・ポープ・オズボーン
訳者／食野 雅子
発行者／山下 直久

発行／株式会社KADOKAWA
〒102-8177　東京都千代田区富士見2-13-3
電話：0570-002-301（ナビダイヤル）

印刷・製本／株式会社 広済堂ネクスト

●お問い合わせ
https://www.kadokawa.co.jp/（「お問い合わせ」へお進みください）
※ 内容によっては、お答えできない場合があります。
※ サポートは日本国内のみとさせていただきます。
※Japanese text only

定価はカバーに表示してあります。

Printed in Japan
ISBN978-4-04-104386-8　C8097　N.D.C.933　160p　18.8cm

イラスト／甘子 彩菜
装丁／郷坪 浩子
ＤＴＰデザイン／出川 雄一
編集／豊田 たみ